ラルーナ文庫

月の満ちる頃

〜遊郭オメガバース〜

佐倉井シオ

三交社

CONTENTS

Illustration

まつだいお

月の満ちる頃

〜遊郭オメガバース〜

本作品はフィクションです。
実際の人物・団体・事件などにはいっさい関係ありません。

『男』であって『男』でなく、
『女』であって『女』でなく。
『男』でありながら『男』と番《つが》うことで子を為《な》し、
『女』でありながら『女』と番うことで子を為す。
『人』でありながら『発情期』の訪れる特異な体質を持つ彼らのことを、
『月』――と称した。

そんな『月』たちが密《ひそ》かに暮らす『邑《むら》』にある『月読《つくよみ》』と呼ばれる見世《みせ》は、
『人』が『月』と逢瀬《おうせ》を重ねる場所である。

でも『月』は『太陽』と巡り合うことはない。
神様の悪戯《いたずら》で『太陽』と出会ってしまった『月』は、その寿命を終えてしまう。

＊＊＊

窓辺に腰かけ見上げた夜の空には、美しい月が輝いていた。

満月にはわずかに足りないがかなりふっくらしている。

「十夜ぐらいだろうか」

どこか欠けた月の姿が己の姿に重なる。煙管《キセル》で吸った煙を吐き出しながら、ふっと笑ってしまう。

お猪口《ちょこ》に注《つ》いだ、よく冷やした日本酒を一口味わうと、豊かな香りが口の中に広がっていく。

「今宵《こよい》の酒は美味《うま》いな」

誰《だれ》に言うでもなくひとりごちる。

満ちていようと欠けていようと、月の美しさに変わりはない。しかし、こうやって酒を飲みながら月を眺めていられるのも限られた時間のみだ。だからこそ余計に、この時間が愛《いと》しく思える。

もう一口、月を肴《さかな》に味わおうとしたそのとき。


「てめえ、ふざけるな！」


優雅な静寂を打ち破る罵声《ばせい》とともに、皿の割れる音に遅れて、何かが階段を落ちる音が響いてきた。それこそ木造の建物が揺れるほどの勢いだ。

ミシリという音のあと、天井から降ってきた埃《ほこり》が、手の中の酒に混ざり込む。まるで水面に映っていた美しい満月が汚れたかのようだ。

（またか……）

ため息を漏らしつつ、いつものことだと知らないふりを装うつもりでいた。しかし無意識のうちに、水面に映っていた己の眉間《みけん》に皺《しわ》が寄っている。

その後も、怒声に続き叫び声や、それを止めようとする人の声が、ドタバタという音に混ざって聞こえてきた。

「……ったく、人がたまに物思いに耽《ふけ》っていたのに……」

長く伸びた艶《つや》のある漆黒の前髪を細い指でかき上げ、肌蹴《はだけ》ていた胸元を正し窓枠に上げていた足を下ろすと、派手な花の描かれた着物を引きずるようにして部屋を出る。

顔に落ちてくる髪を細い指でかき上げつつ、音のしたほうへ向かって回廊を歩いていく。

「痛い」

「やめろ！」

「死ね」

知らぬ人が聞けばかなり物騒な言葉ばかり飛び交っているが、ここではわりと日常の出来事だ。

だから、廊下から一枚襖《ふすま》を隔てただけの部屋の中では、濃密な時間を過ごしている者たちもいる。

甘く淫《みだ》らな声と殺伐とした金切り声が共存する。

天国と地獄、まさに人生の縮図が描かれた、ここ『月読』。意味合いとして『遊郭』に等しいが、世に言う遊郭とは若干性質が異なっている。ここにいるのは『遊女』であり『遊女』でなく、『陰間』であって『陰間』でない。それらの総称を『月読』とし、自分たちすら自分がわかっていない立場の人間を、いつしか人は『月』と称するようになった。

「望月《もちづき》、逃げるな！」

回廊を抜け見世の出入り口の見える場所へ向かうと、一際大きな声の持ち主の姿が視認できた。

「俺という者がありながら、おとなしくしていたら図に乗って他の客に抱かれやがって。今日という今日は容赦しない」

白シャツにスラックス姿の四十がらみの男の右手には、短刀が握られていた。そしてもう一方の手で、足元に跪《ひざまず》く、望月と呼んだ男の、淡い栗色の長い髪を摑《つか》んでいた。

「ごめんなさい、ごめんなさい。僕が悪かったです。お願いですから離して……っ」

頭に手をやって必死に謝っている望月の、大きく肌蹴られた緋色《ひいろ》の襦袢《じゅばん》の胸元や裾《すそ》から覗《のぞ》く内腿《うちもも》には、情事の痕《あと》が鮮明につけられていた。

『月』は外見上はわからないとされている。だが『月』はおおむね透けるような白い肌が特徴だった。情事の際、その肌が赤く染まるのがより淫靡《いんび》だと言われている。

「ごめんごめんって、謝ればなんでも済むと思ってんだろう？　今までは許してやったが、今回はもう許さない！」

手にしていた短刀の刃先が、望月の喉元《のどもと》に押し当てられる。丁寧に研がれているのだろう、触れた途端切れた髪が数本、宙を舞う。

「旦那《だんな》さん……」

「馴《な》れ馴れしく呼ぶんじゃない！」

数時間前に整えてやった望月の髪はすっかり乱れ、化粧をした顔も汗と涙でドロドロになっていた。

(ひどい有様だ)

少し離れた二階の手すりの上から眺めていた俺の口から、ため息が零《こぼ》れ落ちる。

客との揉《も》め事は、日常茶飯事だ。多少の喧嘩《けんか》は互いの気持ちを盛り上げる。だが今階下で行われている刃傷沙汰《にんじょうざた》は、さすがに笑って済まされるものではない。

仲裁すべく、一歩足を前に踏み出そうと思ったとき、二人の間に男が割って入った。

「篠原《しのはら》さま。お気持ちを落ち着けられて、どうぞその物騒な物をお収めくださいまし」

見世の用心棒的な存在である、着流しの似合うがっしりとした体軀《たいく》の剣《けん》は、武骨な顔立ちのせいか、丁寧な口調でも圧迫感を相手に与えるらしい。もちろん腕っぷしもかなりのものだ。

それゆえ、大抵の客は剣の姿を見ただけで委縮するが、篠原という今日の客は違っていた。

「俺に言う前に、こいつをなんとかしろ!」

(あーあ、開き直ってるな)

泥酔しているのだろう。怖い物知らずというべきか、剣を前に強気な態度を崩そうとしない。比較的、最近見世に出入りするようになった客なのだろう。誰からの紹介かはわからないが、面倒な人間を引き入れたものだ。

「それとも何か。てめえらは客を適当にあしらっていいって、見世の人間に教え込んでいるのか？」

「とんでもありません。自分らはお客様皆様に対して、常に同じ態度で接しているつもりです」

剣はあくまで平身低頭で客に接している。

「だったら、こいつの態度はどうなんだ！」

ところが剣が諫《いさ》めようとしてもまったく意味をなさない。剣の、融通の利かない生真面《きまじ》目《め》な性格がこういうときは逆に作用してしまう。図に乗った篠原は、さらに望月の首を強く締めつける。

「ごめんなさい。本当にごめんなさい」

「謝って済むと思うな」

望月はただ泣くことしかできない。剣を含めた周囲の人間も手をこまねいている状況になっていた。

場が硬直するのを見て、俺は足を前に踏み出した。階段を一段下りた瞬間、髪につけていた簪《かんざし》の飾りがチリンと鳴った。

「篠原さん。そのぐらいにしておいちゃもらえませんかね？　これでも望月は、この邑一番の見世、『月読』の看板なんですよ」

当然のことながら、この騒動を剣一人が止めようとしていたわけではない。見世の人間誰もがなんとか諫めようとしながら、手出しできずにいたのだ。

その場にいた全員の目が自分に注がれるのがわかる。

「朔《さく》さん……」

俺の言葉にすぐ反応したのは、ひどい顔をした望月だ。その望月の言葉につられて篠原が怪訝《けげん》な視線を向けてくる。そして俺を認識した刹那《せつな》、視線がねっとりと肌に纏《まと》わりつくようなものに変化する。

おそらく、俺から発せられる独特の匂《にお》いに敏感に反応している。

「篠原さんのお怒りはよくわかります。同じ『月』として、お詫《わ》び申し上げます」

俺は一度、恭しく頭を下げる。でもすぐに顔を上げて篠原に視線を戻す。

「でもね、ご存じとは思いますけど、俺たち『月』は、当人が望むと望まざるとにかかわらず、どうしても自分の欲望を抑えられない時期があります」

中途半端に羽織っただけの着物の胸元を開いてみれば、篠原の視線がそこへ移動する。

「そういうときに旦那さんがいなくて、望月は少し寂しかっただけなんですよ。決して心まで他の人に移したわけじゃありません」

ちらりと視線を望月に向けると、当人は後ろめたいのか露骨に他を見た。

「どうぞ望月を泣かすなら、こんな公衆の面前じゃなくて、二人きりの褥《しとね》の中にしてやってください」

「誰だ、てめえは」

先ほどまでの勢いはどこへやら。露骨に向けられる卑猥《ひわい》な表情と視線に、俺は内心笑いたくなった。

「朔と申します。この見世、『月読』の古株で、かつては『望月』と称されておりました」

「お前が、あの、『朔』か」

俺の名前を聞いた瞬間に篠原の表情が変化した。今は泥酔し刃傷沙汰に及ぼうとしている輩《やから》でも、見世にやってこられる立場にある人間だ。俺の名前は知っているらしい。

『望月』は見世一番の『月』の象徴であり『月』の中の『月』と言える。中でも、今『朔』と称される俺が『望月』だった時期に、この見世の存在は確立した。

『望月』の名前は譲ったものの、それで俺自身の価値が失われるわけではないのだろう。

篠原の反応を見ているとそれを思い知らされる。

「どうかこの場は俺に免じて、物騒な物をおしまいくださいませんか？　篠原さんがお帰りになるまで、剣が責任持ってお預かりします」

手元の刀のことを言われているのに気づいた篠原は、バツが悪そうに「あ、ああ」と曖昧《あいまい》に応じる。今の時代、短刀を持ち歩くような輩は滅多にお目にかからない。おそらく最初から望月を脅すつもりでいたのだろう。

「このあとお泊りいただけるようでしたら、お泊りお食事すべて、見世でおもてなしいたします。それでお許しくださいますか？」

「あんたも酌してくれるのか？」

篠原の視線は俺に向けられている。

「望月がいいと言うのなら、ですが」

俺の言葉を合図に、望月は篠原の足元に縋《すが》りついてきた。

「旦那さん、勘弁してください。僕が悪かったですから、二人きりでお詫びさせてください。お願いします」

先ほどまでの泣き顔が嘘《うそ》のように、望月は淫らで甘えた表情で篠原を誘う。下肢に纏わりついた細い指で、巧みに男を刺激しているのだろう。見世中に満ちた『月』の匂いと先ほどまでのやり取りで高ぶっているだろう篠原は、生唾《なまつば》を飲み込んだ。

怒りが収まり己を取り戻したことで、『月』に対する欲望も戻ってきたようだ。

「しょうがないな。『朔』にまで頭を下げられたし、今回は許してやるか」

篠原の返事を聞いて俺は頭を下げる。

「では酌はまたの機会にさせていただきます」

望月の腰を抱いた篠原は持っていた短刀を鞘《さや》に入れてから剣に渡す。そして今までの騒動が嘘のように、仲睦《なかむつ》まじい様子で部屋へ向かって歩き出す二人の背中を見送る。

「人騒がせな奴だ」

ぼそりと呟《つぶや》いたのは剣だ。眉間に寄せられた皺を眺めながら俺は肩を竦《すく》める。

「そんなこと言って、客が不在のときに望月にちょっかい出したのはあんたじゃないのか？」

何気なく言った俺の言葉に剣は動きを止め、じろりと鋭い目を向けてくる。

「なんの根拠があってそんなことを言う？」

手にした篠原の短刀を鞘から出しながらの言葉に、わずかながら殺気が混ざる。多分、見世に来たばかりの『月』なら、一瞬にして失禁してしまうぐらいの気配でも、俺にはなんの意味もない。

剣も俺も、生まれたときからこの邑にいる。今でこそ図体《ずうたい》ばかり大きくなっているが、幼い頃は俺と大差ない体格だった。

「根拠なんてない。ただ他の人に知られず『月』を抱ける人間なんて、それほど多くないだろう？」

冷ややかに言い放ったのを見計らったかのように、突然どこからか手を叩《たた》く音が聞こえてきた。

（なんだ？）

怪訝な表情で振り返ると、見世の軒先に背広姿の男が二人立っていた。

拍手をしていたのは、そのうちの一人、金色の髪と翠《みどり》色の瞳《ひとみ》の持ち主だ。ウェイン・テイラーという名の米国人は、まったく悪びれた様子もなく満面の笑みを浮かべている。

「朔サン、見事デス」

片言の日本語で俺を褒める男の後ろから、もう一人、花菱暁《はなびしあきら》が姿を見せた瞬間、俺は無意識のうちに自分が微笑《ほほえ》みかけたことに気づいて、慌てて視線を逸《そ》らす。

どこか地味で陰気な印象を受けるのは、一緒にいる、一際華やかなウェインのせいだろう。だが暁もまた均整の取れた体軀の持ち主で端整な顔立ちをしているのは、俺が誰よりも知っている。

「ウェインさん、いつからいたんです？」

俺は着物の前を直しながら素っ気ない口調で尋ねる。

「朔サンが先ほどの男をやり込めるところからデス」

「やり込めた覚えはないんですが」

「何を謙遜《けんそん》しているんだか」

肩を竦める俺の言葉尻《ことばじり》を捕らえた暁は喉の奥でくっと笑う。

「朔さんがいなければ、今頃、天下の『月読』で人死にが出ていたかもしれない」

「まさか」

大袈裟《おおげさ》な物言いに俺は肩を竦める。

「篠原さんがそこまでは……」

「もちろんあの客にそこまでの度胸はない。手を出していたのは剣さんだ」

「ああ……」

淡々とした物言いに納得する。その可能性はあったかもしれない。

この『月読』の用心棒である剣は、見世と見世の月を守るためには、手段を選ばないところがある。だからこそ俺もあのときに出て行ったのだ。が――。

「それよりも、お二人はどうして見世へ？　次にいらっしゃるのは、もう少し先の予定でしたよね？」

「モチロン、朔サンに会いたかったからデス」

俺と暁の会話を黙って聞いていたウェインが、目いっぱいアピールしてくる。

「来たら、駄目デシタか？」

ウェインの頭の向こうから、暁が申し訳なさそうな表情で顔の前に手を挙げる。

本来この見世には、事前の予約なしには訪れられない。正確には見世だけでなく、邑自体に足を踏み入れられない。

だがもちろん例外はある。ウェインに「行きたい」と言われてしまえば、暁は立場上断れない。そして見世も、俺たち『月』も、否とは言えない。

「駄目なわけがありません。ただ、ウェインさんに満足してもらえるおもてなしはできませんが」

「ノープロブレム。ワタシは朔サンの顔が見たかっただけデスから」

ウェインはそう言って俺の手を摑むと、顔を近づけてきた。その光景から目を逸らすように背を向けた暁の姿に、俺の胸の奥が微《かす》かに痛む。

「甘くて蕩《とろ》けるような匂いがシマスね」

クンと鼻を鳴らしたウェインの言葉で暁に視線を向けると、俺の疑問に応じるように頷《うなず》いた。

「この匂いがわかるんですね、ウェインさんは」

「わからない人、いるのデスか？」

俺の言葉の意味がわからないように、ウェインは首を傾《かし》げた。


「朔サンは、ここで生まれたのデスか？」

二階の奥に位置する部屋で、己の股間《こかん》に頭を埋《うず》める俺の髪を指で梳《す》きながら、ウェインが聞いてくる。

「そうです。俺は生粋の邑の『月』です。でも少しだけ外で暮らしたこともあります」

ウェインの髪の色と同じ、金色の毛を指でかき分けて、そそり立つ欲望に俺はそっと舌を伸ばす。先端の抉《えぐ》れた部分を軽く刺激すると、ウェインは眉間に皺を寄せて息を呑《の》む。

「どうしてデス？」

「『月』じゃないと思われたから、です」

過去を話しながらも、俺はウェインの反応を確認する。

「それはどういう意味デスか？」

荒く息を吐き出しながらも、ウェインは質問をやめようとはしない。

「俺の父親が結構な権力者で、使える人間なら教育をさせようと思ったらしいです」

邑で生まれた子は、基本的に父親を知らずに育つ。でも実際には、妊娠した時期から計算すれば、誰が父親かはすぐにわかるのだ。

特に俺の母親は、当時一人の客しか相手にしていなかったらしい。だから俺は物心ついた頃から、自分の父親が誰かは知っていた。

そしてその父親は、邑で生まれた俺が「使える人間」かもしれないと判断し、十一歳のときに教育を施すべく外の世界に連れ出したのだ。

それから五年の月日、俺は外の世界で暮らしている。

「邑に戻ってきたのはなぜデスか」

ウェインの問いに俺は笑顔になる。

「発情期が来たからです」

発情期が来るということは『月』であるという証明でもある。でも俺自身はよくわからなかった。発情した翌日には、邑に帰された。

「悲しかったデスか？」

「悲しい？　どうしてですか」

「ダッテ、お父さんから引き離されてしまったんデスよね？」

ウェインの言葉で俺は「ああ」と納得する。

「それはないです」

「どうしてですか？」

どこか他人事《ひとごと》で応じると、ウェインが不思議そうな視線を向けてきた。

「当時のことをあまり覚えていませんし、外に出ていたとき、一度も父とは顔を合わせませんでしたから」

「どうしてデスか？」

「父にとって俺は『使える人間』になるかもしれなかったけれど、『息子』ではなかったからじゃないですか」

あのままずっと外で暮らしていれば、いつかは父子の対面を果たすこともあったかもしれない。しかし十六歳のとき、他の『月』と異なりかなり遅い最初の発情期が訪れたため、連れ出されたときと同様、突然に邑に戻された。

そこから客を取り始めるまでの記憶は曖昧になっている。戻されたことに落胆したためか、他の理由があるからなのかはわからない。

かろうじて残っている記憶については、他の人には告げたくない、自分だけの大切な思い出であり秘密でもある。

ウェインは俺のそんな気持ちを察したようだ。

「『月』というのは、男の人だけなんデスか？」

髪に埋めた指に力を込めながら、ウェインは俺にさらに聞いてくる。

「女の『月』もいます。でも男と違って女の『月』は判別がつきにくいんです」

俺は顔に落ちてくる髪をかき上げる。

「もし女がよければ剣に言って……」

「僕は朔サンがいいです」

ウェインは大きな手を、濡《ぬ》れた俺の口元にある黒子《ほくろ》に伸ばして先の言葉を遮った。

「朔サンのこの黒子を見ていると、口づけしたくなります。してもいいデスか？」

「どうぞ」

真顔で訴えてくるウェインの、爪《つめ》の先まで手入れされた綺麗《きれい》な手に、俺は笑顔でそっと口づける。それから視線を顔に向けると、たまらないようにウェインは俺の首に腕を回してきた。

俺はされるがままに顔を上げ、重なってくるウェインの唇を受け入れるものの、微かに体を強張《こわば》らせてしまう。ウェインはその反応に気づいて「嫌デスか？」と聞いてくる。

俺を想うウェインの心配そうな表情に嘘はない。

「嫌じゃないです。ただ、癖で」

「癖？　なんの癖ですか」

「なんでもないです」

話を誤魔化《ごまか》すべく、俺は自分から再び唇を重ねていく。ウェインはそんな俺の唇を堪能《たんのう》するかのように、唇の角度を変える。


『邑』の成り立ちは、よくわかっていないらしい。

おそらく、一所に『月』が集まったことから始まるのだろう。邑に残された記録からすると、江戸時代の中期には、既に邑が形成されていたと聞く。

おそらく戦国の世が終わった頃になって、他とは異なる体質の『月』たちが、己を守り生きていくため、息を潜め肩を寄せ合ったことから始まるのかもしれない。

だがそれはあくまで人々の暮らす集落ができたにすぎず、政府直轄の、かつての吉原《よしわら》のような遊郭的な役割を明確に担うようになったのは、ここ数十年の話だと聞く。

色欲と権力は結びつきやすい。というよりも、権力を後ろ盾にすることでこの邑は今も変わらずにいるといえる。

『月』と称される存在は、見た目はあまり他と変わりはない。強いて言えば、『月』は男も女も見目麗しいことが多い。ただ眉目秀麗《びもくしゅうれい》というより、独特の艶と妖《あや》しい空気を放っているそうだ。

では『月』は何が他と違うのか。

「朔サンはまだ、発情期が来ないのデスか？」

口づけの合間にウェインに尋ねられる。

「あと一週間ぐらいですね」

俺の返答にウェインは残念そうに眉間に皺を寄せながら、鼻先を首元に押しつけてきた。そしてそこの匂いを嗅《か》ぐ。

「マダ一週間も待たなくてはならないんデスね。こんなふうに、今にも食べてしまいたい、甘い匂いをさせているのに」

熱い吐息にくすぐったさを覚える。

ウェインが聞いてきたように、『月』には定期的に『発情期』が訪れる。人それぞれ多少の差はあるが、一度の発情期でおよそ一週間程度、『月』は日常生活を送ることすらままならなくなる。日がな一日性行為のことのみ考え、そのためだけに時間を費やす。

つまりこの『月読』で客を相手にするのは、基本的に発情期が訪れた『月』なのだ。

発情期が訪れる前に、『月』は独特の匂いを発するらしい。美しい花が蜜《みつ》で虫を誘うように、己の遺伝子を残すべく、濃厚で淫靡な匂いを放って性交する相手を誘う。

この匂いには、誰もが反応するわけではない。ある意味、特別な存在にしか効果がない。多くの場合、特別な存在は、人間的にも経済的にも成功していることが多かった。

要するに、この匂いに反応できることが、『月読』の客たりうる資格といえた。

そんな、権力も欲も人一倍だった彼らが、邑に目をつけないわけがない。

『月読』がただの遊郭と違う理由は、『月』に加えてもうひとつある。

『月読』にいる『月』には、もうひとつの特徴がある。

同性との性行為により妊娠が可能という点である。『月読』についてわかりやすく言えば、男にも子を生むための機能があるのだ。

つまり、男として女との間に子を為せるだけでなく、男との性交で子を為せる。

この特異な性質は、あらゆるものを手に入れた頂上にいる人間の興味をそそるには十分だった。

どういう経緯があったかはわからない。

『月読』と『政府』、互いの利害が一致したことで、当初はごく一部の存在だけが知っていた場所が、政府直轄の秘密の接待場所としての意味を持つまでには、さほど時間はかからなかったのだろう。

米国の大財閥テイラー家の若き当主であるウェインが初めて『月読』に来たのは、二か月前に遡《さかのぼ》る。

連れてきたのは、以前から政府と見世のつなぎ役となっていた、政府要人であり伯爵の地位にある花菱の庶子である花菱暁だ。

きな臭い世界情勢の中、米国の有力者であるテイラーの力を利用しようと考えた輩が、おそらく見世の話をしたのだろう。ウェインは米国にはいないらしい『月』の存在に興味を持ち見世にやってきた。そして当初、そのときに発情期の訪れている『月』が相手をするはずが、ウェインは俺に興味を持ったらしいのだ。

俺の発情期は終わったばかりだった。だがウェインが噂《うわさ》の『朔』に会いたがっているとのことで、着飾った上で舞を披露したのだ。そんな俺を、ウェインは気に入ってくれたらしい。

暁や剣が他の月を薦めるのも聞いたことで、余計意地になったのかもしれない。絶対に俺、『朔』がいいと言い張った。

『しばらく性交できなくても、話をするだけで構わない。私は朔と二人で話がしてみたい』

困惑する暁の前で、早口の癖のある英語でここまで言われたら、剣も断れない。俺はといえば、必死に訴えるウェインの様子に、ほだされたというのが正しいかもしれない。性交できなくても、話をしてみたいというウェインに興味を持った。

だから言ったのだ。

『暁さんの許可がいただけるなら、俺は別に構いませんよ』

そのとき俺には決まった客はいなかったし、発情期前のこともあって暇だったのだ。

さらには、暁の反応を試したかったというのもある。

英語で応じると、さらにウェインは喜んだ。

だが試すも何も、そんなウェインの姿を見せられたら、暁も剣も折れる以外になかった。

『長くこの見世にいるのだからわかっているだろう。だが、ウェインは政府にとっても特別な存在だ。くれぐれも失礼のないように』

舞を披露させた段階で、こうなる可能性はゼロではなかったはずだ。さらにはウェインを連れてきたのは暁自身だ。にもかかわらず、半ば嫌味のように暁は俺に念押しした上で、ウェインを見世に置いていったのである。

(何を怒ってるんだか……)

暁の言葉に苛立《いらだ》ちを覚えながらも、ウェインとの一夜目は本当に話だけして過ごした。

ウェインの興味は『月』にあって、この『月読』という場所の話をした。

二夜目になって、ウェインが俺と一緒に風呂《ふろ》に入りたいと言ってきた。

『話だけじゃなく、もっと朔サンのことを知りたいデス』

笑顔で言われてしまったら断るわけにもいかない。

承諾しともに入った浴室で、ウェインの逞《たくま》しい裸体を目にした。鍛えられた筋肉に覆われた匂い立つ艶に、発情期でなくともそそられた。

ウェインはただ、「一緒に風呂に入るだけでいい」と言っていたが、俺は自分から口と手で奉仕した。すると俺の口淫《こういん》が気に入ったらしい。それから三日後にウェインが見世を出るまで『月』や邑について語る一方、ともに湯に入り、俺はウェインに奉仕し続けた。

そして見世を出るとき、ウェインは次の俺の発情期のときに再訪する約束をしていたのだ。

ウェインの興味は『月』から、『月』である俺自身に向いた。

「次の発情期が来るのは、俺の場合はこの匂いがするようになってから、一週間ぐらいあとなんです」

発情期でなくても『月』によっては性交は可能だ。

だが俺は違う。

勃起《ぼっき》しないいし基本的に濡れない。当然、感じない。

だから初めてウェインが来たとき、暁が他の『月』を薦めた。それこそウェインがその気になって行為に及んだ場合、俺が苦しむだけだと知っているからだ。

発情期の『月』相手なら、何をしても許されると思っている客も多い。場合によっては、行為を拒むような発言をした場合、それこそ望月に対する篠原のように、刃傷沙汰に及ばないとも言えない。

ウェインを気遣うのと同時に俺を守ろうとしたのかもしれない。そうだと信じたい。だが結局は、ウェインの結論を覆せなかった。

果たしてウェインは己の言葉を今も守っているが、さすがに匂いを発するようになった時期なら、俺の体も多少は反応する。

実際、今、口づけていると、腰の奥で疼《うず》く何かを感じる。それこそが『月』の『月』たるゆえんとも言える。微かな変化に気づいただろうウェインが、俺の体に手を伸ばしてくる。大きく開かれた胸元に手を差し入れ乳首に触れてきた。

「ん……っ」

指の先で転がしてから、腰のところでかろうじて着物を留めていただけの帯を外し、下半身を露《あら》わにしていく。

「綺麗な肌デス」

掌《てのひら》全体で腿の感触を味わいながらウェインがうっとりと感想を口にする。

「ここも……綺麗デス」

そして股間に移動した手が、俺の膝《ひざ》を左右に大きく開き、勃起しかかった性器ではなく、そのさらに奥に伸びてきた。

小さな皺の集まったその中心に爪を立てられた瞬間、俺は全身を竦ませた。その反応はウェインにも伝わっている。

「少しは、感じるんデスか？」

上目遣いの視線を向けて口元に笑みを浮かべる。

「確認しないでも、わかるでしょう？」

そこを弄《いじ》られた瞬間、触れられていなかった性器が勢いよく勃《た》ち上がった。ウェインはそれを見ながらさらに指を進めてくる。

これまで交わった相手とは異なる触り方だ。

「まだ発情期ではないのに、ここを触られると気持ちいいんデスね」

「ん……っ」

俺の表情を見ながら、指の位置を変えてくる。入口部分だけでなく内側の熱い粘膜を弄られると、そこからさらに強烈な疼きが全身に広がってしまう。

「こうして見て触っても、他の男と何がどう違うのかワカリマセン」

ウェインはまじまじ俺のそこを見つめている。見世で過ごしてもう干支が一回りしている。様々な男を相手にしてきたが、こんなふうに好奇心丸出しの目で見られるのは初めてに等しい。そのせいか、発情期前にもかかわらず体の疼きが強くなっている。

「もっと拡《ひろ》げてみると違うのデショウカ？」

「あ……っ」

二本に増やされた指を中で拡げられると、甘い声が口を突いてしまう。

発情期前なのに、感じている。

「イイ声デスね。もっと解《ほぐ》したら、ワタシのモノが挿《はい》りそうです」

ウェインの上擦った声に反応するように、先ほどまで俺が愛撫《あいぶ》していた彼の欲望が激しく脈動した。最初のときから今日まで、ずっと堪《こら》えていただろう想いの強さを、突然に思い知らされる。

「挿れたら駄目デスか」

指をさらに奥に入れ、俺の反応を確認しながら指を動かすウェインは顔を近づけてくる。

熱い吐息に、体中が震えてしまう。

「あ……っ」

「ここにワタシのものを挿《い》れて中で欲望を吐き出したら、朔サンはワタシの子を妊娠するかもシレマセンね」

「ウェイン……さ……んっ」

「男相手なんて、何が楽しいのかと思ってマシタ。男との性交で子どもができるなんてナンセンスです。米国には妻も子もイマス。でも、朔サンと会って、考えが変わりマシタ」

思い出を語りながら再び重なってきたウェインの唇に、俺の言葉も吐息も飲み込まれていく。

「最初は話をするだけでも十分だと思ってマシタ。でも朔サンが口でしてくれたときから、ワタシの中で何かが変わりマシタ。アナタを抱きたい。そう思うようになりマシタ」

巧みに体内で動かされる指に、体が少しずつ従ってしまう。

「今は朔サンのここに自分の性器を挿れて、貴方《あなた》を滅茶苦茶《めちゃくちゃ》にしたい、と、思ってマス」

これまで見せていた紳士然とした様子が一変して、飢えた獣の如《ごと》く激しく舌を吸い上げつつ、後孔を弄る指の動きが激しくなる。

（この男、上手い……）

入り口だけでなく、奥に伸びた指の腹や爪で、弱い部分を煽《あお》ってくる。男を相手するのは初めてだと言っていたが、おそらく情事の経験値はかなり高いのだろう。

「アナタが妊娠するぐらいに、奥までワタシのものを挿入して、アナタをよがらせたい。グチャグチャにして、乱れさせたいデス」

あえて英語ではなく日本語で淡々と紡がれる様子が、鮮明に俺の脳裏に描かれていく。何度も口で愛撫したウェインの性器。

それが自分の体内に入って奥を突いてくる状況を想像することで、頭の中がいっぱいになる。

もちろん、相手が上手いだけで濡れるのなら、もっと話は簡単だったはずだ。でも相手の性技に『月』としての性質は、これまで左右されてこなかった。

とにかく発情期前は、何をされても濡れないし感じなかったのに、今は違う。

「朔サン……」

ウェインは猛《たけ》った己の性器を、俺の股間に押し当ててくる。その硬さに竦み上がりながらも、押し当てられた場所が微かに収縮しているのが自分でもわかる。

「ウェイン……俺は……」

「わかってマス。お楽しみは次まで取っておきマス。だから今は、真似事《まねごと》ダケ」

指で探っていた場所へ先端を押し当てながら、挿入することなく尻へずらしていく。弄られて敏感になっているそこは、熱い肉で刺激された瞬間、反応してしまう。

「あ」

「朔サンの後ろ、熱くなってるの、ワカリマスカ？」

ウェインは腰を上下させながら俺の顔を覗き込んでくる。

「ビクビクしてていやらしいデス。次に会ったとき、どれだけ乱れてくれるのか楽しみデス」

「ウェイン……」

「朔サン。好きデス」

熱く硬いもので擦《こす》られるたび、俺自身も反応する。

「朔サンもワタシのこと、少しぐらいは好きデスか？」

「ん……っ」

これまでに、何人もの男の相手をしてきた。しかし、発情期前にこんなふうに男と抱き合い、こんなふうに反応したことは一度しかない。

すぐにでも体を繋《つな》げたい衝動に駆られたこと、腰の奥が痺《しび》れるように疼いたことも、久しぶりだった。

それこそ、初めて男と性交したとき以来だ。

まだ俺自身、自分が『月』だと自覚したばかりの頃。ただ胸の奥から込み上げる感情と、体から生じる欲望が、一致していなかった頃だった。

＊＊＊

「……サン、朔サン」

繰り返し呼ばれる名前に気づいて目を覚ますと、ウェインが俺の顔を覗き込んでいた。

「ウェインさん……」

その名前を紡いだ刹那、意識が覚醒《かくせい》する。慌てて起き上がろうとするものの、腰から力が抜け落ちていく。

「あ……」

（な、んで……）

「そのまま寝ていてクダサイ」

ウェインは枕元《まくらもと》に腰を下ろし俺の頬《ほお》に手を伸ばしてきた。指先から伝わる温《ぬく》もりに、驚いて咄嗟《とっさ》に身を退く。そんな俺に、ウェインは蕩けそうに優しい視線を向けてくる。

「昨夜《ゆうべ》の朔サンはとても可愛《かわい》かったデス」

「な……」

突然の言葉に、熱くなる俺の顔に、ウェインは優しく口づけてくる。

「初めて会ったトキはどこか冷たくて、ベッドの中でも乱れたりしないのかと思ってマシタ。でも昨夜の姿を見て、違うのだとワカリマシタ」

その言葉で昨夜のことが鮮明に蘇《よみがえ》ってくる。

「朔サンは恥ずかしがり屋なんデスね。ワタシの手で感じる姿は、可愛くていやらしくて素敵デシタ。コレでもまだ発情期でないなら、発情期のトキの朔サンがとても楽しみデス」

髪を撫《な》で頬に口づけるウェインの吐息に、俺は無意識に体を竦める。

俺が初めて客を取ったのは十六のとき。以来、二十八になる今まで見世にいるものの、実際に性交した回数は実は少ない。それこそすべて思い出せるぐらいだ。

ならばどうやって過ごしてきたかと言えば、口や手、それこそ今回のように挿入することなく太腿の間に相手の性器を挟んで射精させてきた。

もちろん相手は挿入までを要求するし、俺も頑《かたく》なに拒むわけではない。だから相手の機嫌を損ねることなく満足させるのだ。

存分に相手の矜持《きょうじ》と性欲、ときに嗜虐心《しぎゃくしん》を満たせば、最終的に挿入させずに済む。決して意地で挿入をさせないわけではない。見世で客を取り始めた当初は、当たり前のように最後は挿入させ己の体に射精させることで行為が終わると考えていた。だが俺とあまり年の変わらない『月』たちが、身籠《みごも》り、子を生んでいく姿を見ていくうちに、戸惑いを覚えるようになった。

俺はこれまでに、一度も身籠ったことがないのだ。それゆえ、俺が『月』ではないのではと疑う輩もいた。

俺自身、それを考えたことはある。だが子を生んだことがないだけで、他の『月』同様に発情期は訪れる。そのときに発する匂いには、同じ『月』ですら反応するぐらい濃厚だ。だから俺は、身籠らないことを逆手に取り、あえて子ができない状況を作り出した。体内に男の精を注がれなければ、そもそも妊娠自体しない。

挿入せずとも相手を満足させればそれでいいのだと、開き直った。

いずれにせよ、『月』であろうとなかろうと、一度でも俺が相手をした客は、俺以外の『月』では我慢できなくなるらしい。

結果、『月読』で『月』として客を取るようになってから、俺は一番人気となった。しかし子を為したことがないことから、『望月』ではなく、『朔』つまり「満ちることのない月」と称されるようになったのだ。

それなのに、昨夜の俺は違っていた。

いつもなら俺が相手を悦《よ》くするはずなのに、気づけばウェインに主導権を握られてしまった。

ウェインの性器が後孔に触れるたび、ウェインの指でそこを弄られるたび、もっと強い刺激が欲しくなった。

発情期でもないのに、中が熟れて濡れてくるような感覚に混乱した。よがればよがるほど、ウェインはさらに執拗《しつよう》に攻めてくる。

どこがいいか、どこが気持ちがいいのか。自分でもわけがわからず、言われることにひたすら頷いていたように思う。そして発情期でもないのに濡れた中に、挿入されていないのに、何度も中で達《い》かされた。そして射精もした。

そのうちに、意識を失ったらしい。

互いの汗や精液で濡れていた下肢は拭《ぬぐ》われ、乱れていた着物の前は紐《ひも》で結ばれていた。間違いなく、これを結んだのはウェインだ。米国人であるウェインが着物の着つけの方法など知るわけもない。それでも懸命に俺のために努力してくれた形跡に、胸の奥が熱くなってしまう。

これまで相手をしてきた男たちと、ウェインの何が違うのか。

外国人であるというのは大前提だ。でも見世に訪れる他の客も、多数はウェインと同じで『月』の存在を知らない。となれば興味の示し方に大差はない。

俺の容姿に心酔する客も多いし、これまでほとんどの客に無理を強いられてこなかった。

『ここも……綺麗デス』

不意に鼓膜に蘇るウェインの声に、全身が震えた。

『朔サン。好きデス』

思い出した言葉に胸が締めつけられる。

出逢《であ》ってわずかにもかかわらず、俺を「好き」だと言う。愛情の感じられる仕種《しぐさ》。体に触れられるたび、掌から伝わる温もりに体だけでなく心も震える。

「ウェインさん……」

伝えるべき言葉を探していたとき、部屋の襖の向こうに人の気配を感じた。

「朔さん」

聞こえてきた声は望月のものだ。俺はウェインから離れて襖の前まで這《は》って移動する。

「なんだい？」

「花菱さんが、ウェインさんのお迎えにいらしてますけどどうします？」

「え、もうそんな時間？」

望月の言葉で振り返ると、ウェインが顔を上げる。壁に掛けた時計は、正午を指そうとしてた。

(まさかこんな時間まで寝ていたなんて！)

「ウェインさん、すみません。俺……」

「大丈夫デスよ」

ウェインは俺の言葉に笑顔で応じると、襖の間から顔を覗かせる望月に伝える。

昨夜とは違い、落ち着いた色合いの着物で、髪も綺麗に結われていた。

「すぐに行きマス」

一瞬、望月の頬が赤らんだように思ったのは気のせいだろう。

「朔サンは休んでいてクダサイ。彼に案内してもらいマス」

啄《ついば》む口づけをすると、襖を開ける。

「望月サン。花菱サンのところまで連れて行ってクダサイ」

「待ってください。俺も行きます」

俺は着物を着直すべく、ウェインが結んだ紐を解こうとする。だがウェインは顔の前で

手を振って、望月とともに歩き出してしまう。

「ちょ、望月。ウェインさん……」

固く結ばれたそこはなかなか解けない。それでも懸命に解いて着物を着つけ直しても、腰がガクガクして上手く歩けなかった。

（昨夜、何度達った？）

思い出そうとしても記憶は曖昧だ。

久しぶりすぎる状況に困惑しつつ、ウェインを見送るためになんとか立ち上がった。

多少の怠《だる》さを覚えながらも、なんとか見世の玄関まで辿《たど》り着く。

階段の上から、見世の暖簾《のれん》から外に出ようとするウェインの後ろ姿が見えた。声をかけようとしたその背中に、白い手が伸びていく。当然のようにその手を取ったウェインは、俺に見せていたのと同じ笑顔を手の主である望月に向けていた。

部屋に呼びに来たのは望月で、その望月と一緒にいることになんら不思議はない――はずなのに、なぜか胸がざわめいてしまう。だから声をかけそびれてしまった。

そうしていると、剣に挨拶《あいさつ》しようとしたのだろうか。暖簾を上げた暁は、階上で茫然《ぼうぜん》と立ち尽くす俺に気づいた。

「どうしたんです、朔さん」

名前を呼ばれた瞬間、俺ははっと我に返る。

「あ、の。ウェインさんの見送りに……」

そんなやり取りが聞こえたのだろう。潜《くぐ》った暖簾をウェインが戻ってくる。

「朔サン！」

俺に気づくとすぐに満面の笑顔を向けてきた。

（いつもの笑顔だ）

ほっと安堵《あんど》して、俺は階段を一段ずつゆっくり下りる。

「見送りはいいデスと言ったのに、来てくれたのデスカ？」

優しく問いかけながら両手を広げて待つウェインの胸元に、俺は自ら飛び込んだ。

「朔サン、どうシマシタカ。随分、積極的デスネ」

俺の態度に狼狽《うろた》えながらも、ウェインは背中を優しく撫でてくれる。

大きくて温かなウェインの掌の感触で、自分でも驚くほど幸せな気持ちに満たされる。

「どうしても、見送りたかったから」

顔を上げて素直に想いを口にすると、ウェインは一瞬驚きに眉《まゆ》を上げた。

「嬉《うれ》しいデス」

だがすぐに笑顔になったウェインに、俺はもう一度しがみついた。

「次のおいでを待ってます。多分、当初よりも早く準備が整うと思いますので」

後半、恥じらうように声を潜める。

「はい。ワタシも楽しみです」

「次はいつ、来られますか？」

はっきりとした日付を確認しようとしたとき、二人を邪魔するような咳払《せきばら》いが聞こえてきた。

「ウェイン。別れがたいのはわかりますが、そろそろ出ないと、会合に間に合いません」

ウェインを迎えに訪れた暁が、居心地悪そうに先の予定を告げてきた。聞こえてきた声に、俺は無意識に眉間に皺を寄せてしまう。

迎えに暁が来るのは当然なのだが、今日は顔を合わせたくなかった。

「無粋ですよ、暁さん」

抱かれた男の肩口から、ちらりと横目で睨《にら》むと、暁が肩を竦める。

「それは俺もわかってる。だが先方は、待たせると非常にマズイ相手なんだ」

それは言われずとも容易に想像がつく。

俺は名残惜しさを覚えながら、ウェインの背中に回していた手を解いた。

「朔サン」

「また次のおいでを楽しみにしています」

俺の言葉を聞いて、ウェインは手の甲に口づけてきた。たった今まで、そんなウェインの行動に胸をときめかせていた。だが今は自分を見る視線が気になって仕方がない。多少の後ろめたさを覚えつつも、わざと暁に見せびらかすように、俺はもう一度ウェインの腕の中に飛び込んでみる。ウェインは俺の行動に驚きつつも、優しく抱擁してくれる。

大きな胸に抱かれながら、俺はちらりと視線を暁に向ける。だがこちらに背を向けているのがわかると、俺はすぐにウェインから離れた。

そして車に乗り込み、走り出す姿を見送っていると、そんな俺の横にぴったりと望月が寄り添ってきた。

「朔さんって、花菱さんのことが好きなんですか？」

突然の発言にぎょっとさせられる。

「なんだ。望月、まだいたのか？」

「まだって、朔さんの代わりにウェインさんのお見送りをした僕に、その言い方はないでしょう」

さりげなく手を払うが、望月はそれでも俺の腕に縋りついてくる。

「それよりも今の僕の意見。どうなんですか？」

「どうって」

「朔さんは花菱さんのこと、どう思ってるんですか？」

上目遣いで俺を見る望月は、見ていないようでいて見ている。そんな望月の目に、隠そうとして隠しきれない俺と暁の間の空気が見えてしまうのか。

「どう思ってるも何も、暁さんは花菱の、政府側の人間だ。それ以上でもそれ以下でもない」

「えー」

望月はその返答に不満気だ。

「それよりも、篠原さんはどうした？」

しかし俺はあえて取り合わずに話題を変えた。

「もう帰られました」

「本当に？」

「本当です。大体、今何時だと思ってるんです？　さすがに昨日の今日で、篠原さんを部屋に置き去りにして、朔さんのお手伝いしたりしません」

望月は肩を竦め、拗《す》ねたように言った。

「そりゃ、そうだな。それで、篠原さんは機嫌直されたんだろうね？」

「……朔さん」

腕に纏わりついていた望月は、俺の問いに答えることなく、一歩下がって殊勝な表情を見せた。

「昨日はすみませんでした」

そして突然に頭を下げてくる。

「何を今さら……」

俺は肩を竦める。

「望月がお客さんと揉め事を起こすのは今回が初めてじゃないだろうに」

「そうなんですけど、でも昨日は本当に死ぬかと思いました」

「そんな大袈裟な」

「大袈裟じゃなくて！」

俺に向けられる望月の顔は真剣だった。これまで平静を装っていても、腕に触れてくる細い指先が微かに震えている。俺はその手を優しく握って、望月の頭を胸元に引き寄せる。

「朔さん」

「よくやった」

「……朔さん……」

望月の瞳から、大粒の涙が溢《あふ》れ出してくる。

「怖かったよぅ」

「ああ、そうだな。怖かったな」

本気で泣き出した望月の後頭部を撫でて肩を叩いてやる。

こんなところを剣に見られたら、きっと甘すぎると言われるだろう。だが甘くても仕方ない。俺は半ば、この邑における望月の兄で父親で母親みたいな立場にあった。

たとえ話ではない。

この邑に望月がやってきたとき、何も知らない彼の面倒を任されたのが俺だったからだ。


望月は良くも悪くも自分に正直な『月』だ。甘えん坊で奔放で我儘《わがまま》で勝手で淫乱《いんらん》。

それでいていわゆる床上手。

『月』は基本的に、一度の発情期において客のかけ持ちはご法度だ。とはいえ、客によっては期間中に一日二日しか訪れない場合もある。そういうときには、客が鉢合わせしないよう気を遣う。

しかし望月は誰にでもいい顔をするせいもあって、調整が下手なのだ。

もちろん見世側も、いつ誰が誰のところに来るかは把握している。しかし望月は平気で予定を変更する上に見世に言わないため、最悪の事態がしばしば生じてしまうのだ。

結果、昨日のような愁嘆場が起きる。

散々剣や客に怒られて、その場では殊勝な態度を見せるものの、ほとぼりが冷めた頃に同じことを繰り返す。

望月は「忘れていた」と言うが、多分違う。あえて出くわす場面を作り出して客を試している。

どれだけ客が自分を求めているか。

自分が求められているかを、確認するために。

望月はさらに、これまでに何度か、他の『月』の客にも手を出してきた。

それゆえに、他の『月』からは距離を置かれ嫌われているが、当人は気にする様子を見せない。

「客を取られて悔しければ、取られないようしっかり自分に繋ぎ留めればいいんだ」

自分に魅力がないから奪われる。望月はそう言うが、ある意味正しいのかもしれない。

なんだかんだ言われながらも、彼は見世一番の売れっ子という証明となる『望月』の名前で呼ばれている。

奪った相手に対しても元々の客に対しても、その瞬間、望月は誰よりも相手に尽くしているらしい。試すような態度ですら、愛しいと思って許されてしまうのは、望月だからこそだ。

結局、奪われた側の『月』が泣き寝入りするしかないのだが、望月に対する不平や不満が見世内に積もり積もっているのは間違いない。

たまに剣経由で俺に、望月のことをなんとかしろと小言がある。教育した俺のしつけがなっていないということらしい。

邑にいる『月』には、大きく分けて二つのパターンがある。

この邑で生まれた『月』と、外で生まれたものの『月』だったことで邑にやってくるものだ。

決して強制されて邑に来ているわけではなく、邑から出ることも可能だ。しかし大抵の『月』は、一度は邑から外に出ても、数年後に邑に戻ってきてしまう。

ちなみに望月は後者で、邑に来た十三のときから、見世に出る十六のときまでの三年、俺が面倒を見てきた。

邑に来たばかりの頃の望月は、突然の環境の変化に驚きながらも、あっという間に馴染《なじ》んだ。

外にいたときのことを望月は話そうとはしないものの、状況から察するに、かなり不遇な日々を過ごしてきたのだろう。邑に来た段階で既に発情期を迎えていたから、相当苦労しただろうことも容易に想像できた。

だがそういったことを、望月は一切口にはしなかった。

ただ邑での出来事や己の運命を、そのまま受け入れているように思えた。

黒目がちな大きな瞳や、どこか幼さを感じさせる丸顔や、柔らかい栗色の髪もあいまって、客に対し庇護《ひご》欲をかき立てる性質だったのだろう。

見世に出てすぐに評判となり、あっという間に人気が出た。かつての名前は覚えていない。だがすぐに、それまで『望月』だった俺を抜いて『望月』と名乗るようになった。

これまでに生んだ子は三人。最初に生んだ子以外は邑で暮らしているらしいが、望月自身は一切子どもの話に触れることはない。

一度も身籠ったことのない俺に話しても無意味だと思っているからかもしれない。

とにかく、二十二歳になった今も、俺の目には初めて会った十三歳のときと変わらないように思える。

だから無意識に望月には甘くなってしまうし、世話を焼きたくなってしまう。

腕の中で泣いていた望月は、落ち着いたらしい。

鼻先を俺の首筋に押しつけて匂いを嗅いでくる。

「それよりも……相変わらずいい匂いですね」

「望月にもわかるぐらいか？」

「もちろんです。熟れた桃みたいに甘い」

「桃？」

「そう。僕、桃が大好きなんです」

自分で自分の匂いはわからないが、同じ『月』の望月までわかるとなると、思っているよりも本格的な発情期の到来は早いかもしれない。今見世を出たばかりのウェインにも、本格的に発情期が到来したら、剣経由で連絡を入れてもらう手はずになっていた。

「僕、朔さんとなら、いつでも男になれます」

そう言う望月はの額を指で弾《はじ》く。

「十年早いよ」

俺が笑うと望月は肩を竦める。

発情期を終えれば望月も男に戻る。

体格的にも年齢的にも外見的にも、普段は望月相手に負けるとは思わない。普段は幼い頃のままの望月だが、発情期だけは状況が異なる。

俺自身、相手が望月でも、己の中から湧《わ》き上がる欲望を抑えられないだろう。

しい。

「今夜中には、離れに移らないとかな……」

他の『月』と違い、俺の場合、望月が反応したように、同じ『月』も刺激してしまうらしい。

邑の見世である『月読』は、発情期が来た『月』たちで成り立っている。そのため、邑にはその月の名前のついた見世、つまり一月なら『睦月《むつき》』、二月なら『如月《きさらぎ》』といった見世が存在している。その月に発情期の訪れる『月』が、そのときどきの『見世』に住まうのだ。

だが見世に住むのは強制ではない。さらに言えば『月』だからといって、客を取ることも強制ではない。つまり見世に出ている『月』は、自分の意志で、客を取っている。

定期的に訪れる『月』の発情期の渇望具合は尋常ではなく、自分から相手を探す必要のない見世は、決まった相手のない『月』にとってはありがたい仕組みと言えた。

それでは、発情期でないときに、『月』はどこで暮らしているのか。

大抵の『月』はそのまま見世で暮らしている。基本的にはそれぞれの家もある。

決まった相手ができた『月』は、見世を出て相手とともに暮らし、生まれた子を自分たちの手で育てることも可能だ。

たとえ決まった相手がなくとも、二十代半ばぐらいの『月』の多くは、見世を出て客ではなく決まった相手と過ごすようになる。

俺が移動する『離れ』は、そんな家だ。

俺は他の『月』と違い、普段は仲間のいる見世で過ごし、発情期が訪れると家に移動する。特別に家で客の相手をすることを許されている。

「ねえ、朔さん。ウェインさんって花菱さんからの紹介なんですよね？」

「ああ」

落ち着いた望月の関心は、再びウェインに戻ってしまったようだ。

「もう最後までしたんですか？」

俺の腕から離れた望月は上目遣いで聞いてくる。

「まだ、ですよね。ウェインさんと会って、今回が初めての発情期ですもんね」

俺がすぐに応《こた》えずにいると、望月は勝手に話を進めていく。

「望月……？」

「やっぱり朔さんのお客さんは特別なんだよな。僕なんかは昨日の篠原さんみたいな客がつくのに、ウェインさんは全然違う。僕相手にも紳士的に振る舞ってくれて素敵でした」

背中で腕を組んだ望月は遠い目をする。

「あんな人が運命の相手だったら、幸せになれそう。そう思いませんか？」

一歩先に足を踏み出した望月は、俺を振り返って小首を傾げた。

運命の相手——『月』には、当事者である俺たちにもよくわからない性質がある。そのひとつが『運命の相手』だ。

『月』の相手たりうる存在は、『月』の発情期の匂いに反応する人間だ。そんな匂いに反応する相手ならば、誰とでも性交しうる。

しかしそんな相手の中で、ごくごく稀《まれ》に特別な存在がいるらしい。その特別な相手に出会ってしまうと、『月』は特別な相手以外の人間と性交できなくなってしまうのだ。

感情的なものは一切関係なく、それこそ生まれながらに体に埋め込まれた何かが作用しているのだろう。

「望月は、出会いたいのか、運命の相手に」

「それはもちろんです」

即答だ。

「僕ら『月』からしてみたら、たった一人の相手に出会えるなんて、奇跡じゃないですか。そんな相手がウェインさんみたいな人だったら最高だと思いませんか？」

望月はどこか夢見がちな表情で語る。

しかし実際の『運命の相手』は、望月が夢見るような話ではない。

運命の相手は、互いの感情は関係ない。

その人以外との性交ができないということは、なんらかの理由で二人の関係が断ち切れた段階で『月』は発情期のたびに、悶《もだ》え苦しむことになる。

場合によっては身体的だけでなく精神的に衰弱し、最終的に死に至ることすらある。

さらにもっと最悪なことに、その相手との間に子どもができた場合、出産と引き換えに『月』は命を落とすことがほとんどなのだ。

それも、ただ「死ぬ」わけではない。

まるで『月』自体が存在しなかったかのように、消えてしまうのだ。それこそ骨すら残ることなく、消え去ってしまう――らしい。

俺自身、これまでに一度も目にしたことはない。俺が知らなければ他の『月』たちも知らない。だから『月』の中では半ば伝説のように語り継がれている。

ごく稀に、運命の相手との間の子どもを生みながら、邑を出て幸せに暮らしている『月』もいる。

望月が夢見ているのは、そんな幸せな姿なのだろう。

「一度は、好きな人との間の子を生みたいと思いませんか？」

望月の言葉で、俺の胸がチクリと痛む。

「朔さん、発情期が終わると言われている三十歳まであと二年でしょ？　焦らないんですか？」

　さらに微かに体を強張らせたことに望月は気づいているのだろうか。

「俺は……」

「子どもができないから、関係ない？」

　真正面からぶつけられる言葉に、俺はぐっと言葉を詰まらせる。

　それこそ、これまでに何度も言われてきた。自分でも言ってきた。

　子どもができないからこそ自由でもある。自分は『月』ではなくただの『男』なのだ。繰り返してきた言葉が、目前に迫ってきた期限を考えると、ただの言い訳に思えてきてしまう。

　子ができないことも、発情期を終えることよりも問題は、子を生まなかった『月』は、その直後ぐらいに命が尽きるということだ。

　つまり——俺の命は、このままだと残り二年程度ということ。

「子どもができないからこそ、運命の相手に出会いたいと思いませんか？」

　望月は一歩足を前に進めてきた。

「朔さんに子どもができないのは、運命の相手の子しか生めないからだと、そんなふうに考えたことはありませんか？」

「それは、どういう……」

「理由なんて僕に聞かないでくださいね。『月』の生態は、わからないことばかり。そう僕に教えてくれたのは、他でもない朔さんなんだから」

心を見透かすような望月の瞳に、戸惑う俺の顔が映し出されている。

道化のフリをして何もわからないような態度を取っていても、それはすべて計算の上だ。望月は空気が読める人間で、相手の顔色を窺《うかが》える。俺の思っている以上に色々なことを考えている。

「敵《かな》わないな、望月には」

俺は胸にため込んでいた空気を、一気に吐き出した。

「僕と性交してみたいって思いました？」

「ふざけるな」

調子に乗って笑う望月の頭を、俺は軽く叩く。

「ふざけてないんですけどね。たまにどうしようもなく、朔さんのその口元にある黒子に口づけたいって衝動に駆られるんですから」

望月はふふっと笑う。

「そういえば、朔さん。朔さんの最初の相手って誰だったんですか？　やっぱり僕と同じで、剣さん？」

見世の裏方を務める『月』の匂いがわかる数少ない男だ。

本来、客以外が『月』の相手をするのは許されていない。が、剣は半ば公然の秘密で、発情期を迎えたばかりの『月』や、客の取れない時期の数多くの『月』と関係を持っている。それによって剣の子を生んだ『月』もいると聞く。

邑に来たばかりで、まだ見世には出られなかった望月の相手をしたのも剣だった。そしておそらく昨夜の望月の相手も剣だろう。俺にとって望月が弟のように思えるのと同じで、剣にとっての望月は家族に等しい存在なのだと思う。

でも俺は。

「――違う」

「だったら最初の相手は……」

「望月！」

話をしていたところで、望月の名前を呼んできたのは剣だった。

「昨日のことを改めて話そうと言っていたのに、どうして……」

「ごめん、朔さん。僕、用事があったの思い出した」

望月は一方的にそう言い放つと、剣から逃げるように走って自室へ向かった。

「望月……っ」

まったく剣は無視だった。追いかけようとする剣に対し、俺はつい「やめておきなよ」と言ってしまう。

「朔」

「望月ももう子どもじゃないんだ。頭ごなしに怒ったところで意味はない」

「だったらどうしろと？」

剣は険しい表情で眉間に深い皺を刻む。

「そんなの俺に言われてもわかるわけないだろう？」

「お前は望月に甘い」

あからさまに剣は肩を落とした。

「甘いのは剣も同じだろう？」

俺が返すと「どこが」と反論してきた。

「自覚がないのか」

ため息交じりに言う俺を剣は睨んでくる。

「――それより、お前はどうするつもりだ」

今度は話の矛先が俺に向けられた。とんだ藪蛇《やぶへび》だ。

「どうするって何が」

「さっき望月にも言われていただろう」

「ああ……」

この先のこと。

「なるようにしかならないんじゃない？」

十六のときに見世に出て以来、もう十二年が過ぎている。

毎年、いつか何か変わるかもしれないと思いながら、何も変わらなかった。それなのに、十二年経った今になって、変わるとは思えない。

「このまま人生を終えてもいいのか？」

「いいも悪いもないんじゃないかな」

頬に下りてくる長い髪を頭の後ろでひとつにまとめ上げると、露わになった項《うなじ》に湿った感触が訪れる。

髪をまとめた俺の手を掴んだ剣が、項に口づけていた。

「な……っ」

掴まれた手を払って振り返るが、今度は向かい合わせの状態で両手を捕らえられる。

「剣……」

「あの外国人に本気なのか？」

顔を近づけ低い声で問われる。

「国に帰れば妻子がいるような男だ。そんな相手に本気になっても幸せにはなれないぞ」

心を見透かしたような言葉に、かっと顔が熱くなる。

「俺が誰にどんな感情を覚えようと、剣には関係ないだろう」

「関係なくない」

手を払おうとするが、剣は摑んだ手を離そうとはしない。

「俺と一緒になって、見世を出ないか」

突然真顔になった剣の言葉に、俺は目を瞠《みは》る。

「冗談を……」

「俺は本気だ。いつからお前のことを見てきたと思っている？」

向けられる鋭い視線から顔を逸らせない。

「俺にとってお前は兄弟みたいなもんだ」

剣の視線には気づいていた。

だがその気持ちには応えられないと、ずっと気づかないふりをしてきた。

「剣のことを好きな子はこれまでに何人もいただろう？　そういう相手と暮らしたほうが幸せになれる」

「俺はお前が好きなんだ」

　俺の背中を壁に押しつけ、強引に顔を近づけてくる。

「この甘い匂いを嗅ぎながら、どれだけ俺が耐えてきたと思う？　お前が抱きたくて、でも抱けなくて、代わりに他の奴を抱いてきた。そのうちにお前よりも好きな相手ができると思っていた。でも……駄目なんだ」

　鼻先を首筋に押しつけ匂いを嗅ぐ様子を見せる剣は、俺たち『月』の相手をしうる人間だと証明している。

「お前が邑を出たとき、もう二度と会えないと思った。だがお前は戻ってきた。邑を出たとき以上に美しくなって……あのときのことを忘れたわけじゃないだろう？」

　剣は俺の首筋に唇を押しつけてくる。

　敏感な皮膚に押し当てられた唇の熱さが、全身に電流のように走り抜けていく。

　あのとき――邑を一度出た俺が戻ってきたときのことだ。

「剣……」

「これまでに何度でもお前を抱く機会はあった。あのときだってそうだ。だが我慢したの

は、お前のことを大切に思ってたからだ」

唇が鎖骨へ移動する。

「実際にお前は俺が言ったように見世の一番になった。今も『望月』の名前こそ譲ったものの、実質的な一番であるお前は、俺の誇りでもある」

剣は俺にとって兄弟みたいな存在で、恋愛感情などまったくない。だがそんな剣が真剣に自分を想っていたことは知っている。

剣の言う「あのとき」は、俺が邑に戻って初めて発情期が訪れたときのことだ。

自分が『月』だということを受け入れられず、それだけでなく初めての発情期に混乱していた俺を助けてくれたのは剣だ。

混乱するしかない俺の高ぶった欲望を発散させてくれた。

でもそこまでだ。

当時剣もまだ若かった。それだけではなく、俺は邑に戻った直後に用意された客の相手をすべく、「初物」、つまり男との性交が未経験である必要があったのだ。

あれから十二年、俺たちは一定の距離を保ち続けてきた。もはや俺にしてみれば、「家族」の剣とは体の関係を持ちたくない。それでも発情期が近い今、こうして迫られると、強く拒めない。

「だが今は、お前が大切だからこそ無理にでも抱きたい。お前の命が尽きる前に……」

「剣……」

ウェインに触れられた時と同じで、熱い息を吹きかけられると体の芯《しん》が熱くなる。発情期が近いから、過敏になっているのか。

「剣さん、どこにいますか！」

見世の人間の声に、二人して動きを止める。

「剣さん。お客様がいらしているんですが……」

一瞬近くなった声が遠ざかっていくのを、二人して黙って聞いていた。剣がどこにいるか気づいていないようだ。

高ぶっていた二人の間の空気が急激に冷えていくのがわかる。俺は視線を落とす。

「お客様だそうだ」

静かに繰り返すと、剣は摑んでいた俺の手を離す。

「諦めたわけじゃないからな」

吐き捨てるように言って、呼ばれたほうへ向かって歩き出した。

その背中を見つめながら俺は、曖昧な己の過去へ記憶を遡らせた。

＊＊＊

俺の最初の記憶は、母の腕の中だ。

邑一番の人気だった母と、母を贔屓《ひいき》にしていた政府の有力者との間に生まれたらしい俺は、かつては異なる名前で呼ばれていた。だが今はもう忘れた。

この邑で生まれた子どもの大半は、親が誰かをあまり意識することなく育つ者が多い。そんな中、母の記憶を持つ俺は恵まれていたと言えるかもしれない。

母がこの世を去るまでの間、俺は邑にある家で、多くの時間、母と、それから邑の人々の中で穏やかに過ごしたからだ。

しかし母が他界した数年後、十一歳になった俺の前に一人の男がやってきた。背広を着た年配の男は、花菱の遣いだと名乗った。

その名前を聞いた途端、周囲の人間だけでなく俺も事情を察した。

邑で生まれた他の子ども同様、俺は父親という存在について意識することなく育った。

基本的に邑の『月』は、一回の発情期のときに、異なる相手と交わらないようにしていた。だから大抵の場合、父親が誰かはわかる。しかしあえて父親側が自分から名乗りを挙げない限り、『月』当人はもちろん、邑の他の人間も、誰が父親かを特定させない慣習があった。

それでもどんな場合も例外は存在する。

なぜなら、俺の父親があまりに有名すぎる存在だったからだ。

花菱伯爵といえば知らぬ者のない、政財界の大物であるのと同時に、この邑と政府を繋げた人間の一人だったからだ。

花菱がどうして邑や『月』の存在を知っていたか、そこまで詳しく知っている者はいない。だが今のような、政府要人たちがお忍びで訪れるという邑の体制を整えた人間だ。

世情に疎い邑の人々でも、花菱の名前だけは認識していた。

おまけに俺の母は、邑の『月』の中でも、飛びぬけて美しかった。『月』であるとかないとか関係なく、佇《たたず》まいや声、性格のすべてが常軌を逸していたらしい。

邑を政府直轄にすべく動いていたのは、母に魅入られたからだと、密かに邑では揶揄《やゆ》されたそうだ。

母は数年、花菱しか相手をしていなかった。だから間違いなく花菱が父だった。しかし花菱は母が妊娠すると同時に邑から足が遠のき、俺の顔を見ることもなかったという。

にもかかわらず、なぜ今になって花菱の遣いがやってきたか。

理由は実にわかりやすかった。

俺が「特別な」人間になりえる可能性が出てきたからだ。つまり、将来『月』の相手になりえる素質が感じられたためらしい。

『月』の相手たりうるためには、発情期の『月』の匂いを感じる必要がある。

邑は政府直轄の遊郭であることから、前提として客は基本的に政府要人もしくはその関係者であり、政財界でなんらかの力を有している人間ばかりだった。

ちなみに『月』からは『月』が生まれやすいとされている。だが必ずしも『月』が生まれるわけではない。

ある年齢になって発情期が訪れない限り、外見上は『月』であるか否か判断がつかない。見惚《みと》れるほどの見目の良さや明晰《めいせき》な頭脳は、『月』に限った話ではなく、『月』を認識しうる「特別」な人間にも同じことが言えた。

つまり俺は、十一歳というある意味目安の年齢を経ていながら発情期が訪れていないことで『月』ではないと判断された。かつ母親譲りと言える端麗な容姿と明晰な頭脳から、特別な人間になりえるかもしれないと花菱に引き取られ、英才教育を施されることとなったわけだ。

花菱は急速に政界での影響力を伸ばしていた。そういう状況下で、一人でも多く、使える身内の人間を必要としていたのだろう。

実際この頃、花菱は己の正当な後継者である正妻との間に生まれた子以外に、主に愛人との間にもうけた息子たちを引き取って教育を施していたらしい。

その中には俺の他に、暁がいた。

俺よりも二歳年上の暁は、今回花菱に引き取られるまでは、芸者の母のもとで暮らしていたそうだ。

突然邑から外の世界に引きずり出されただけでなく、知る人のない場所で不安だった俺の面倒を見てくれたのは暁だった。最初のうちは遠巻きにしていたが、少しずつ距離を近づけてきてくれた。

暁自身、母親と引き離されたことで、寂しい日々を過ごしていた。だから多分、似た状況の俺に同情したのかもしれない。

とはいえ、一緒に過ごしたのは、一日のうち就寝前のほんのわずかな時間だけだ。それでも当時の俺にとっては、何よりも大切で貴重な時間だった。

暁のおかげで、俺は日々の寂しさをなんとか凌《しの》げていたのだろう。

夜は二人で一緒の布団で寝たぐらいだ。

俗世から隔離された邑で生きていたせいか、俺は実際の年齢よりも、考え方や性的な意味で、幼かったように思う。

花菱の家で過ごしたのは足かけ五年だが、当時の記憶は曖昧だ。暁が自分の面倒を見てくれたことは覚えていても、具体的に何をどう話したかまでは覚えていない。

とにかく環境の変化が大きかったことと、年齢的にまだ幼かったせいもあるだろう。さらには一日にとてつもない量の知識を植え込まれていたせいで、混乱したのかもしれない。

曖昧な記憶の中でも、ひとつだけはっきり覚えていることがある。

花菱の家にいた五年の間、一度も父に会ったことはない。

俺の過ごした家自体、花菱の本家だったかは記憶にない。

とにかくその家に父が訪れたことは一度もなかった。

父にとって必要なのは、花菱の血を引く人間ではなく、己に従順な僕《しもべ》なのだ。自分の血を引いていれば、より言うことを聞かせやすいと思ったのか。

当時の記憶がない大きな理由は、ある日、邑に帰されたせいもあるだろうと思う。

邑から花菱に連れて行かれたときと同じで、邑に連れ戻されたときも、突然だった。でもきっかけは覚えている。

前の日の夜、いつものように暁の布団に潜り込んだ。そうしたら暁が怪訝な顔をしたのだ。

「何か匂いがする」と言って。

屋敷に連れてこられた当初は、俺と暁が一緒の布団で寝ていることを知られても、怒られることはなかった。しかし邑に連れ戻される半年ぐらい前から、同衾《どうきん》を禁止されるようになってしまった。

理由は「もう子どもではないのだから」。

そう言われても納得できるものではない。既に一緒に寝ることが習慣になっていた俺は、禁止されようとも深夜になれば暁の部屋に忍び込み、布団に潜り込んだ。そして朝、自分の布団に戻った。

もちろん、暁に拒絶されれば話は別だ。だが暁は俺が自分の布団に入ることを、拒みはしなかった。それどころか、深夜、俺が来るときに微かに照明を点《つ》けて待っていてくれた。

布団で一緒に寝たところで何をするでもない。ただ互いの温もりを感じて眠るだけだ。

最初の頃に比べて互いに成長し触れている体の変化にも気づいていた。それでも、だからといって俺は何も感じていなかった。暁も同じだと信じていた。

だが、あの夜は違ったのだ。

暁は既に十八歳となり、出会った当初の少年めいたあどけなさは消え、体毛も生え揃《そろ》い、全体的な線も太くなってきていた。

そんな暁の布団に潜り込んだ途端、そこに残る匂いが不意に俺の鼻を突いた。

これまでも何度も同じことをしていて、こんなふうに暁の匂いを意識したことはなかった。直後、俺の体が熱くなる。

最初に頬が火照《ほて》って、次に腰の奥が疼いた。何が起きたかわからないでいると、暁が俺の首筋に鼻先を押しつけてきた。

突然の温もりに、体温が上昇したような感覚を覚えるのと同時に、暁が言った。

「何か匂いがする」

「匂い？」

布団に入る前に湯浴《ゆあ》みは済ませた。だからなんの匂いがするのかと自分で自分の匂いを嗅いでみる。だがわからなかった。

「匂いなら、暁だってしてる」

暁がしたように、俺も首筋に鼻を押しつける。その瞬間、大きく息を吐き出してしまったらしい。

「くすぐったい」

肩を竦める様子が楽しかったせいもあって、俺はさらに強くそこに息を吐き出す。

「こら」

しばらくは堪えていた暁も我慢できなくなったらしい。腕を掴んで体を反転させると、俺の体を布団に押しつけてきた。

「痛いよ、暁」

いつもの冗談のつもりでいた。少なくとも、俺は。だがその体勢で俺を見下ろす暁の表情は、明らかにいつもと違っていた。

「暁……？」

向けられる暁の視線が熱い。

二人の間の空気が張り詰める。

触れ合った場所の熱さに鼓動が高鳴ってくる。

「変だ、暁」

「変なのはお前だ」

俺の言葉に暁は上擦った声で返してくる。

多分、暁自身、この状況の説明がつかないのだろう。

「変って、何が」

「お前の匂いのせいで、おかしな気分になる」

「おかしな気分って」

何かと問う前に、暁は俺の口元に指を伸ばしてきた。何をしているのかと思った次の刹那、そこに暁の唇が触れる。

互いに見開いた目に、お互いの顔が映り込んでいる。

「今、何を……」

唇を離すと同時に尋ねると、暁はさらに強く自分の唇を重ねてきた。

優しく柔らかく熱い感触に驚きながらも、嫌ではなかった。それどころか、軽く啄むように下唇と上唇を食みながら、次第に重なりが深くなっていく唇から逃れようとは思わなかった。

（なんで……こんなこと……）

戸惑いながらも止まらない。

自分たちのしている行為が口づけだとわかっていた。それを自分たちがするのはおかしいことだともわかっていた。

それでも一度触れた唇の感触と甘さと熱さに、我慢ができなかった。一度触れたら次が欲しくなる。

(気持ちいい)

最初は唇だけ重ねていたが、気づけば腕が伸び、互いの背中に回っていた。

腕に力を込め二人の間の距離がなくなり、互いの温もりと鼓動が伝わってくる。

高鳴る鼓動は自分だけではない。俺以上に、暁の心臓がうるさいほどに鳴っている。

最初のうちは躊躇《ためら》いながら、恐る恐る触れていた。しかし唇の重なりが深くなるのに合わせ、相手を抱き締める腕にもさらに力が籠《こも》っていく。

(もっと……もっと欲しい)

具体的に「何が」ではない。とにかく「欲しい」という強い想いが体と心の底から次から次に湧き上がってくる。

最初は横向きに抱き合う状態だったが、暁は俺の肩に手を置き、布団に組み敷く状態で上から覆いかぶさるようにして口づけてきた。

一度離れた唇を、俺は自分から求めるように顎《あご》を上向きにして待ってしまう。

「ん……」

上顎の皺の部分を舌先で刺激される。暁の舌に触れたくて懸命に追いかけていると、口の中に唾液《だえき》が溜《た》まっていく。飲み込めず溢れ出た唾液が唇の端を伝って顎を辿り鎖骨に落ちる。

その唾液を拭う間も惜しいぐらいに、暁との口づけに夢中になった。そして口づけだけでは足りなくなってきた俺の心を見透かしたように、暁の手が下半身に伸びてきた。服の上から性器に触れられた刹那、激しい衝撃が全身に広がる。

「……っ」

初めての感覚に驚き、逃れようと捩《よじ》る俺の体を、暁はより強く抱き締めてきた。重なり合った二人の体の間で、互いの欲望が疼く。自分だけではない。

（暁……）

「そこで何をしている！」

声と同時に、屋敷の人間が部屋に入ってきた。

何が起きたのかを理解するより前に、掛け布団を剝《は》がされた。

「暁っ！」

二人は引き離され、俺はそのまま屋敷の地下へ連れて行かれ、窓がなく日の当たらない、黴臭《かびくさ》く湿っている照明のない部屋に押し込められた。

「どうして？」

俺は困惑していた。

どうしてこんな目に遭わされるのか。

「ごめんなさい。もうしません。だから……ここから出してください」

暁と一緒の布団で、何をしていたかまでは見られていないはずだ。つまり、同じ布団で寝ていたことにより、俺はこの状態にある。

同衾することは、それほどまでの罪だったのか。暁も俺と同じで、こんな部屋に押し込められているのか。

誰かが来たらまず謝る。次に暁のことを確認する。それから――泣くこともできず、足を抱え息を殺し、誰かが来て部屋から出してもらうのをただ待っていた。

だが、待っても待っても、誰も来なかった。食事も水も与えられず、暗い部屋で丸一日を過ごさねばならなかった。

閉ざされた部屋の扉が開いたとき、それこそ永遠に思えるぐらいの時間が過ぎたように思えた。

それでも俺は、部屋に入ってきた相手――口元を布で覆い、眼鏡《めがね》をかけつばの広い帽子を深くかぶった男――にすぐに尋ねた。

「暁はどうしていますか」

それから。

「悪いのは俺です」

次に何を言おうか考えている俺の腕を乱暴に掴むと、手首に縄をかけてきた。

「これは、どういうことですか」

驚いて慌てて尋ねるものの、男は何も答えてくれない。

とりあえず水を一杯飲まされて、今度は猿ぐつわを嚙《か》ませ、手拭いを後頭部で結ばれた。

（なんで？）

無言で手首を縛った縄を掴んで俺を立ち上がらせると、部屋に押し込まれたときと同じで、突然に部屋から連れ出される。

これでようやく元の生活に戻れるのだと思った。だが階段を上がると外に出て、そこに停まっていた車の後部座席に乗せられた。そしてそこに仰向けに横たわらされた上、最後の留《とど》めで足首も縄で結ばれてしまう。

（どこへ行くんだ！）

尋ねようとしても喋《しゃべ》れる状況にない。窓から外を見ることも許されない。この状態では、尿意を催しても伝えることすらできない。

ガタガタ揺れる自動車の中で横たわり、ただ天井を眺めていると、突然に不思議な気持ちを味わった。

今と同じように、ただぼんやり車の天井を眺めていた覚えがある。

(あれはいつだろう)

明確に思い出せないまま、どのぐらいの時間が過ぎたのか。

寝転がっていても、周辺の空気が変化したのがわかった。

窓の外から聞こえてくるのは、人のざわめきではなく、水の流れる音や鳥の鳴き声になっている。

どこか懐かしさを呼び覚まされていると、車が停まった。運転席の扉が開いて、さらに後部座席の扉が開く。起き上がろうとした俺の足の縄を解き、口を覆っていた猿ぐつわも外された。

「ここはどこですか」

叫びながら周囲を見回した俺は、その瞬間、動きを止めた。

これまで過ごしていた場所とはまったく異なる。

四方を濃い緑の木々に覆われた山に囲まれ、青い空が身近に感じられる、空気の澄んだ場所。

それでいて、どこか閉ざされた場所。

他と同じように見えて、他とは同じではない場所。

外の世界とは見えない何かで隔てられた場所——邑。

(知ってる……ここの景色)

五年前、俺はここから外に連れて行かれた。そして五年経った今、またこの場所へ戻されてきたのか。

「花菱さんの遣いの方ですか」

俺をここまで連れてきた男に声をかけてきたのは、壮年の男だった。彼らは二人だけで言葉を交わして話を終わらせる。そして俺を連れてきた男は、振り返ることなく一人で車に戻っていく。

「どうして」

その背中に俺は訴えた。

「どうして!」

邑の生活が嫌だったわけではない。

邑を出るまで、俺にとって邑が世界のすべてだったし、外の世界があると知らなかった。そんな何も知らない俺を邑から外へ連れ出した。そして同じように、理由も告げず俺の意思に関係なく、邑へ戻す意味がわからない。

だから訴えた。どうして、と。

だが俺が何を言っても男が足を止めるわけもない。俺を乗せてきた車に乗り込むとそのまま走り出してしまった。

その車を追いかける俺を何も言わずに眺めていたのが、俺を迎えに来た、当時邑を取り仕切っていた剣の父親だ。それから、息子の剣だ。

一歳年下の剣は、邑で過ごしていた頃、いつも俺の後ろをついてきていた。当時、小さくて細くて泣き虫だったのに、今は俺よりも背が高く体格もがっしりしている。

しばらくして、転んで地べたにうつ伏せになって泣くしかない俺の横にやってきた剣は、俺の手首を結んでいた縄を解いてくれる。

「どうして……どうして俺は邑に戻されたんだろう」

縄で擦れて赤くなった場所を、剣はそっと撫でる。

「お前が『月』だと判明したからだそうだ」

ぼそりと呟かれる言葉に、俺は目を見開く。

「『月』……？　俺、が？」

突然の指摘に困惑する。

「そんな……お母さんは確かに『月』だったけど、俺は違……」

「違わない」

俺が言い終える前に、剣が否定する言葉を遮ってきた。

「お前は間違いなく『月』だ」

剣に強い口調で断定され、初めて現実を認識した。

「症状が出るのがこれほど遅いのは珍しい。だがお前の匂いは間違いなく『月』の発するものだ」

俺自身はわからなかったが、剣は俺から発せられる『匂い』に気づいたそうだ。

ある日突然邑から連れ出され、そしてある日突然、『月』であるために邑に戻された。

ただでさえ混乱している状況で、体調の変化は待ってくれない。

俺はとりあえず、かつて母が世話になっていた遊郭である『月読』の片隅に部屋を与えられた。

とはいえ、最初の発情期で、早々に客を取らされることはない。というのも、発情期の初期の頃は不安定なことが多く体も未発達なためらしい。

さらには、年齢的にも客を取るには幼いことが多いため、『月』の心身を考えた上でのことだ。

では、客を取れない『月』はどうやって発情期をやり過ごすのかといえば、大抵は自慰で済ませるのだという。

子どもの頃から邑で過ごしている『月』は、その術《すべ》を成長していく過程で教わる。しかし肝心な時期に邑を出ていた俺は、『月』に関する知識は最低限な上、発情期の対応方法も理解していない。

『月』独特の匂いを発するようになって実際に発情期が訪れるまで、平均的に三日から一週間程度かかるという。

しかし俺の場合、初めてだったせいか、翌日に発情期が訪れてしまった。

＊＊＊

「……なんだ……これ」

腰の深い場所から全身、手足の指先まで痺れに似た疼きが広がっている。

朝から気だるさに起き上がれずにいた。食欲はなく熱っぽいのは、環境の変化に伴い体調を崩したのだろうと。だから寝ていれば治るだろうと思っていたのだが、時間が経てば経つほど熱っぽさは強くなり、呼吸も荒くなってきた。

全身から汗が噴き出し火照っている。

それだけではなく、体の奥のほうで強い脈動が感じられた。

堪えようと思えば思うほどに疼きは強くなり、体中が過敏になっている。肌に布団に触れるだけで、着用している夜着代わりの浴衣《ゆかた》が肌に擦れるたび、とてつもない衝撃が全身を貫いていく。

「変だ。体が」

掛け布団を払って自分の膝を抱える。しかし自分で自分の体に触れるだけで、苛烈《かれつ》な衝撃が生まれてしまう。

「……っ！」

体中の肌がざわめき出す。

細胞という細胞すべてが自分の意志を持ったかのように蠢《うごめ》き、飢えた獣のように騒いでいる。

その獣は、俺の言うことなど聞くわけがない。おとなしくさせようと触れると、かえって抗《あらが》ってくる。

肌だけではない。

下肢、足のつけ根にある性器は何もしていなくても反応し、勃起している。

自慰という行為自体、知らないわけではない。外の世界で過ごしていたとき、施された教育の中に、性に関するものも多少含まれていた。

だが実際に自慰をしたことはない。

俺は多分、性に関しての感覚が他の人とは違っていたと思う。

『月』である男は、男とも性交が可能で、子どもを身籠る可能性があることも知っていたはずだ。だが邑に戻ってくるまで忘れていた。

それゆえに、突然、『月』としての発情期に対して、何をどうすればいいのかまったくわからない。

突然に邑に戻されたという状況にまだ頭がついていけていない。その状況で体に訪れた変化に、完全に俺は混乱した。

布団の上で悶えていたせいで、浴衣は着崩れている。明らかに足の間で性器が反応しているのはわかる。少しでも落ち着かせようと手を伸ばすものの、布越しに微かに指が触れるだけで、脳天まで突き抜けるような快感が広がる。

「どうしたらいいんだ……」

溢れ出した涙を拭うこともできずにいると、背後に人の気配を感じた。

「泣いているのか？」

驚いて振り返ると、そこにいたのは剣だった。

「なんでここに……」

そんな混乱した状況でも、慌てて浴衣の裾を引っ張って足を閉じるが、それだけのことでも下肢には強烈な刺激となってしまう。

「しっ」

剣は俺に対して黙るよう促し、後ろ手に襖を閉めて顔を横へ向ける。

「剣……」

「……だろう？」

ぼそぼそ喋られたせいで、何を言われたのかわからない。

「え……？」

「辛《つら》いんだろうと聞いた」

怒ったように言った剣は、どかりと俺の前に腰を下ろして、掛けていた布団を乱暴に引き剝がした。

「剣」

露わになる下半身を隠そうと、俺は布団を奪い返そうとした。

「じっとしてろ！」

「あ」

しかし腕を摑まれた瞬間、伝わる温もりに全身が震えてしまう。だから摑まれた腕を振り払う。

「俺は知ってる。わかってるから、俺に任せろ」

「知ってるって……任せろって、何を……」

今にも飛んでしまいそうな意識を懸命に引き止めるので精いっぱいなのだ。

子どもの頃から知っている相手でも、この五年は離れて過ごしていた。そんな剣にこんな姿は見られたくない。

おまけに剣が来たことで、腰の疼きが強くなった。

剣はそんな俺の横にしゃがみ、腰に手を伸ばしてくる。かろうじて腰で結んだ紐で体に纏わりついているだけの浴衣は肩から滑り落ち、何も身に着けていない下半身が空気に晒《さら》される。

わずかな剣とのやり取りでさらに熱を帯びた恥ずかしい性器は、硬くなって小刻みに震えている。そんな天を仰ぐように反り返り脈の浮き上がった部分に、剣はなんの躊躇《ちゅうちょ》もなく指を伸ばしてきた。

「何、を……」

驚いた俺は慌てて剣の手を押し返そうとした。

「気持ちよくしてやるだけだ」

しかし剣は淡々と言うと俺の手を避《よ》け、掌全体を使って猛った欲望を握ってきた。

「やっ」

拒もうと思うものの、思うだけで拒む力が出てこない。服が擦れるだけで気が遠くなるほどの快感が生まれていた。こんなふうに強く握られた刹那、限界が訪れてしまった。

「……っ！」

頭で考えるよりも早く体が反応する。

そこに集まった欲望が、一気に爆発してしまった。

性器を握っていた剣の手を汚しただけではない。俺自身から飛び散ったものは、布団や畳に染みを作っていた。

すぐにでも拭わねばと焦るものの、初めて射精した体は言うことを聞かない。

腰から下にまったく力が入らないだけでなく、膝や内腿が小刻みに痙攣《けいれん》を繰り返している。そしていやらしく己の解き放ったもので濡れた足のつけ根の欲望は、いまだ力を失うことなく天を仰ぎそそり立っていた。

「なんで……」

「言っただろう。お前は発情期なんだ」

剣は微かに上擦らせた声で言うと、濡れた俺の先端を掌で包み込んで上下に扱《しご》いてくる。

「んん……」

堪えられずに咄嗟に腰を突き出すようにしてしまう。そうして露わになる、性器の奥にある小さな孔に剣の指が伸びてきた
「あああっ」

「知ってるだろう。『月』の男は、ここの奥に男の性器を突っ込まれる」

剣は高ぶる俺自身を弄りながら、もう一方の中指をぐっと中へ差し入れてくる。手の向きを変え、腹の下の辺りを指の腹で押されると、性器を弄られているときとはまた違う感覚が生まれた。

（変だ、この感じ……）

むず痒《がゆ》く、物足りない。

狭い器官を指で弄られていると、指の太さでは足りないように思えてくる。何がどう足りないのか、自分ではよくわからない。

だが目いっぱいそこを拡げられて、内側の肉を擦ってもらいたい。そんな衝動が生まれてきた。

だから無意識に腰の位置を変えてしまう。だが中の様子を探りながら位置を変えている剣の指は、思ったところにはなかなか当たらない。

立てた膝を閉じ、腰に力を入れても駄目だった。

後ろに熱中しているせいか、前への愛撫もおざなりになる。

（もっと……指を使って……）

「け……ん……」

名前を呼んだのは無意識だ。

「ん？」

だが視線を向けられた刹那、羞恥《しゅうち》が広がっていく。

「なんでもないっ」

慌てて否定してから顔を逸らす。

見ているから駄目なのだ。目を閉じていれば我慢できるだろう。

そう思って瞼《まぶた》を閉じるが、見えないことでかえって剣の指の動きに敏感になってしまう。

性器の先端を弄る動き。

それから、腹の下辺りで内壁を探っている指の動き。

剣の指の動きに応じて変化する自分の体。強くなる鼓動に堪えられず、見開いた目の前に剣の顔があった。

「あ……」

名前を呼ぶより前に、目を閉じた剣の顔がより近づいてきた。そして唇に剣の唇が重なりかけた瞬間、咄嗟に俺は顔を横に向けてしまう。しかしそんな俺の顎を痛いぐらいに剣は掴んだ。

「け……ん、んっ」

かなり乱暴に重ねられると、背筋にぞわりとした感覚が生まれる。

それまでの、下肢を弄られているときとは明らかに違う。

快感というより嫌悪感に近い。でも「違う」と思ったのは別の理由だ。自分の唇に触れた唇の感触に「違う」と思ってしまう。実際に触れてくる剣を拒みたくなる。

俺の知っている唇は、もっと甘くてもっと熱い。噛みつくような触れ合いではなく、柔らかく包み込むような、吸い寄せられるような感じがした。

その口づけの記憶は、数日前、暁と交わしたものだ。しかし同時に思い出す。

『お前の匂いのせいで、おかしな気分になる』

暁は俺の匂いに誘われたのだ。つまり暁は、今俺に触れている剣と同じ、『月』を抱ける存在なのだ。

その事実を認識した瞬間、全身に震えが走り抜ける。その反応を、剣は違う感覚として捉《とら》えたのか。

「感じるのか」

触れたときと同じで乱暴に唇を離すと、後孔に挿れている指の動きを激しくする。

「んんっ」

「最初の発情期で、ここを弄られて気持ちいいなんて、お前、才能あるかもしれないぞ。たとえ『月』でも、後ろで感じるようになるには、時間がかかることが多いのに」

剣は指をぎりぎりまで引き抜いていた。

その瞬間、異物感がなくなったことで安堵するはずなのに、剣に触られていた場所が疼いてきた。むず痒くてもどかしくて、じっとしていられずに腰が揺れる。孔を繰り返し収縮させ、浅ましい欲望を訴えている。

躊躇いや戸惑いが瞬時に消え失せ、頭の中が、わずかに残っていた羞恥よりも強い快感を欲する衝動で満たされる。

俺自身、自分の体に何が起きているのかわからなかった。でも同時に、これが発情期なのかと他人事のように感じてもいた。

「剣……」

頭で考えるよりも先に手が動いて、剣の手を自分の腰に導く。それから高ぶって小刻みに震えている性器ではなく、自ら膝を立て、それによって露わになる今まで剣の指が挿っていた場所へ押しつける。

「触ってほしいのか？」

頷きで応じる。

何をすればこの疼きが消えるのかわからない。でもとにかくそこに触れてほしい。先ほどのように指を挿れて弄って擦ってほしい。

「いやらしいな。こんなにヒクつかせて」

剣は俺のそこを眺めながら荒く息を吐く。

「自分でわかってるか？　いやらしい匂いを辺りに撒《ま》き散らして、この匂いのわかる人間に、自分を抱けと煽ってる」

「抱かれれば、この疼きは消えるのか」

発した声は自分でも驚くほどに震えていた。

「無理だ」

俺の問いに対し、剣は冷ややかに応じる。

「発情期の間、ずっとお前はこの状態が続く。子どもの頃、邑にいたんだから、一度は見たことがあるだろう？　獣みたいに腰を振り続けていた『月』の姿を」

剣はあえて露骨な言い方をしているのだろう。だが俺は首を振った。

もちろん『月』も発情期も知っているが、実際に発情期を迎える『月』は見たことがなかった。俺が物心つく頃にはもう発情期を終えていた母が、きっと見せないようにしていたのだろう。

「短ければ三日、場合によっては一週間以上、ずっとこの状態が続く」

「一週間……」

考えただけで頭がおかしくなりそうだった。

でも同時に、一週間、快感を与え続けられたら、別の意味でおかしくなりそうだ。

「できることなら、ここに俺のモノを挿れたい。だがお前ら『月』の初物好きの客のために、我慢しなくちゃならない」

剣は俺が答える間もなく先を続ける。

「初物好きの奴らは、未開通の後孔を無理やり抉って拡げていくのが好きなんだ。発情期のせいで、それでも快楽によがる『月』を痛めつけたいっていう変態だ」

剣は吐き捨てるように言い放つ。

「だから本当は、こうして指で慣らすのもいけないんだが……昔馴染みの情ってことにしておいてくれ。指で一度や二度慣らしたところで、ぶっといモン突っ込まれて平気なぐらいには、なかなかならないけどな」

「俺は……客を取らなくちゃいけないのか……」

「通常は、発情期が来てもすぐには客を取らず、今言ったみたいに体を慣らしてからのことが多い。何しろお前ら『月』は男だろうと子を身籠る可能性がある。それを考えたら、ある程度の年齢に成長してからのほうがいいに決まってる。だが……ちょうど今、初物を待ってる客がいるんだ。だからお前が絶対に嫌だと言わない限り、お前は近いうちに客を取らされるだろう」

剣の言葉で、現実が突きつけられる。

「もちろんどうしても客を取りたくないなら、それも可能だ。誰も無理強いはしない。だがその代わり、発情期のときに苦しむのはお前だ」

「苦しむ……？」

剣が言わんとしていることがわからない。

「発情期の『月』の相手は、誰でもができるわけじゃない。『月』の発するこの匂いがわかる、選ばれた人間だけだ」

邑に住んでいたとはいえ、物心つくかつかないかの年齢のときだ。そこからの五年、離れていた俺は、『月』がなんたるかを理解していない。

「この邑には、選ばれた人間というのは限られた数しか存在しない。そしてその限られた人間にはほとんど決まった相手がいる。それが何を意味するかわかるか？」

俺は首を左右に振る。

剣の説明を聞いている間にも、俺の体は内側から疼き、剣の指が動くのを待っている。

「発情期になっても、お前の相手をする人間がいないということだ」

「剣が、いる」

「もちろん、たまには相手もできるかもしれない。だが毎回は無理だ」

苦笑しながら、剣は二本にした指をぐっと奥まで挿れてきた。

「あっ」

何かを探るようなこれまでの動きとは違い、かなり強く乱暴に中を抉るように指の角度も変える。爪の先で内壁を擦られた瞬間、わけのわからない快感が全身に広がっていく。

内腿が痙攣し硬度を増した性器の先端から蜜が溢れ出し、無意識に腰を反らしてしまう。

「や……そこ……あ、あ」

自分でも何を言っているのかわからないぐらいに、体の中が変化する。触れられている場所が熱くなってどろどろに蕩けて、熟れてくるのがわかった。

「お前がどうしても俺がいい、俺しか駄目だと言うなら話は別だ……なんて、今のお前に話したって、覚えてないんだろうけどな」

「や、あ、あ……い、いい」

剣の言葉がもう頭に入ってこない。

ただ、体の奥にある指にすべての神経が集中している。

ぐちゅぐちゅという、水を含んだいやらしい音が部屋の中に響く。

「ほら。しっかり膝を開け。指だけじゃなくて、もっと太いモノでここを突かれるんだ。嫌だって言ったって相手によっちゃ容赦ない。ただよがらされるんじゃなく、ちゃんと自分で相手を誘導できるようになれば、お前の容姿と口元の色っぽい黒子、それからこれだけの名器だ。すぐにでも見世の一番の『月』、『望月』になれる。お前の母親のように」

見世一番の『月』である『望月』。

「そうすりゃ、どれだけお偉いさんの客がつこうとも、お前の前ではひれ伏すことになる。だから……お前は一番になれ」

＊＊＊

翌日、昼過ぎに剣の父親である見世《みせ》の主人が部屋に来ると、俺の初めての相手になるだろう客の話を始めた。

「本来なら、発情期が来て間もない『月』は、ある程度安定して成長するまで見世には出さないようにしているんだが……まだ誰《だれ》の相手もしていない『月』を好む方がいてね」

剣に聞いた話そのままだ。

「さすがに無茶はされないと思うが、寝床のことまで口出しはできない。もちろんお前には拒む権利はある。それによって不利益を被ることはない。先方にはまだ話していないからだ。お前はまだ幼い。その方のあとはしばらく見世に出ることなく過ごすことも可能になるだろうし、この先、邑《むら》で何不自由なく暮らせるようになるだろう」

結論は明日の朝に出すように言われた。

俺が承諾すれば、明日の夜には客が来るのだと言う。

正直なところ、怒濤《どとう》のような展開に頭がついていけていない。何しろ邑に戻ってきたばかりなのだ。

それでも選ぶべき、選ばざるを得ない答えはわかっていた。

俺は『月』だ。この先も『月』として生きねばならない以上、現状を受け入れる以外にない。その上で今回の客は最良の相手だろうこともわかる。

(怖いけど……)

昨夜《ゆうべ》の記憶は途中までしかない。

剣がいつ部屋から出て行ったのかもまったく知らない。

ただ起きたら汚れた体は拭《ぬぐ》われ、乱れていた夜着も替えられていた。

一人になって思い出すのは昨夜の剣の指の動きだ。一日眠って症状は落ち着いたものの、体の奥の燻《くすぶ》りは消えてくれない。何かに煽《あお》られた瞬間、熾火《おきび》がまた燃え盛るのは間違いないだろう。

平穏な時間はわずかだ。『月』は他の人と比べると寿命が短い。早死にする者が多いことも知っている。実際に俺の母もそうだ。

一度は外の世界に出ながら、こうして邑に戻ってきたことにも、何か意味があるに違いない。

外の世界を知らないまま成長していれば、おそらく客を取ることになんの疑いも抱かなかっただろう。発情期が訪れたときに、俺ほどには困惑しないで済んだだろうとも思う。この邑で過ごす『月』は、己の運命を受け入れている。

初の発情期を迎えたからか、驚くほど割り切れている。この体で外の世界では過ごせない。

そうとなれば、期限まで待たず、決意を主人に伝えるべきだろう。

今は体調も落ち着いているが、またいつ昨夜のようにわけがわからなくならないとも言えない。

だから俺は、夜も深まった時間になってから、羽織を肩にかけ蠟燭《ろうそく》を手に主人の部屋へ向かう。

「旦那《だんな》さん。俺です」

階下にある主人の部屋の前で声をかけるが返事はない。しばらく待ってみて、そっと襖《ふすま》を開けてみるが、中に主人の姿はなかった。

おそらく邑にある他の見世にでも行っているのだろう。

「少し待つか……」

火照《ほて》った体を冷やすべく外に出て空を見上げると、細い月が見えた。

「そういえば今日は一日《ついたち》だったか」

月を見るのは久しぶりだったことに気づく。

邑を出て外で暮らしていた頃は、ゆっくり空を見上げる時間はなかった。夜になると、急激に押し寄せる頼る人のない寂しさから、暁の布団に潜り込んでいた。

ほんの数日前の話が、まるで遙《はる》か過去のことのように思えてしまう。

そのぐらい、邑は外の世界とは違う。

もちろん、元々俺は邑の人間だ。だから夢を見ていただけなのだ。

そう思う以外にないと俺が思うのと同じで、月が雲に隠れていく。

(部屋に戻れということかな)

冷えてきた夜気に己の体を抱き締めたとき。

「待ってくれ！」

突然、背後から声がかかる。なんだろうかと振り返った瞬間、息を呑《の》んだ。

暗闇《くらやみ》の中、そこに浮かび上がっているのは。

「暁？」

俺は夢でも見ているのか。

「会えてよかった」

幻のように思えていた姿が、血肉を持つ人間の姿に変化していく。

「ここまで来てみたものの、お前がどこにいるのかわからなくて途方に暮れていたところだった」

肩で荒い呼吸をしながら、暁は戸惑う俺に笑顔を向けてくる。

「引き離されてからずっと気にしていた。ひどい目に遭っていないか、食事はできているか。俺自身、屋敷内に幽閉されていたために、状況を確認できたのは昨日になってからだ」

だがそんな笑顔を見ても、俺は目の前の光景が理解できない。

あのとき、ひとつの布団の中で口づけているのを見咎《みとが》められてから、邑を出るまでの間に一度も会えなかった。そして邑に連れてこられた以上、暁には二度と会えないだろうと思っていた。

それなのに。

「夢？」

「夢じゃない」

俺の言葉を暁自身が否定する。

「夢じゃないなら、どうして暁がここに？」

「兄のつき人として、半ば無理やりついてきた」

「兄って」

「花菱大地《だいち》だ」

大地は花菱の次期後継者だ。そして暁は花菱の当主の庶子。秘されているものの、俺もまた同じ立場にある。

だが俺にとって父同様、兄もまた遠い存在だ。

「どうして、若様が？　俺がここにいると知ってるんですか？」

「とある財界の重鎮が、兄の成人祝いにここに連れてくることにしたそうだ」

「重鎮……」

「あの人は、俺たちやお前がどこで何をしているかなど、まったく知らない」

花菱の若様の意図に安堵《あんど》しつつ、「とある財界の重鎮」という言葉で己の立場を思い出す。俺は思わず後ずさる。

ここは邑で俺は『月』だ。外の世界と同じように暁とは過ごせない。

「暁はここがどういう場所か知ってるのか？」

「邑だろう？」

精いっぱいの勇気を振り絞った俺の問いにあっさり応じた暁に、驚いて顔を上げる。

「お前が『月』だということも知っている」

さらなる言葉に身を退こうとする俺の腕を、それよりも前に暁は摑《つか》んできた。

「どういうこと……？」

俺自身、自分が『月』だということを知らなかったのに。

「正確には『月』だということを、あの日に知った」

「あの日？」

「お前が屋敷から連れ出された日だ」

身震いする俺に気づかないのか、暁はさらに続ける。

「一緒の布団で寝ているときに、それまで感じられなかった独特の匂《にお》いがした。何かわからないのにその匂いを嗅《か》いでいると、体の奥底から、俺自身よく知らない感情が湧《わ》き上がってきた」

淡々とした口調で語られる話に、静まったはずの感覚が蘇《よみがえ》ってくる。

(俺の匂いがわかったって……それは……)

暁はどこまでわかって言っているのか。

そしてわかっているとしたら、どういうつもりで言っているのか。

暁の語る話をどう捉《とら》えたらいいのかわからない。わからないのに、摑まれた腕から伝わる温《ぬく》もりだけで、勝手に反応している体に気づいて泣き出したい衝動に駆られてしまう。

「手を、放して」

「嫌だ」

暁は強い口調で俺の願いを拒む。

「どうして」

「ここで手を放したら、二度と会えなくなってしまう」

暁の言葉に胸が締めつけられる。

「いいじゃないか、それで」

俺は視線を落とす。暁の顔を見ているだけで苦しくなるからだ。

話を聞いていると、つい自分に都合のいいように解釈したくなる。

「よくない」

そんな俺の言葉に暁はさらに反論する。

もうやめてほしい。

「会えなかったらどうなんだ。俺が『月』だとわかっているなら、この先のことも知ってるんだろう？」

本当は会えて嬉《うれ》しい。会えるか会えないかわからなくても、こうして邑にまで来てくれたという事実だけで、信じられないぐらいだ。

もう二度と会えないだろうと思っていた暁に会えた。こうして触れられた。幸せで嬉しいが、同時に辛《つら》いし苦しい。

「会ってどうするつもりだった？」

「そんなの、俺にもわからない」

腕を摑む力がより強くなる。

「兄が邑に行くと聞いたとき、頭で考えるよりも前に体が動いていた」

暁は俺の両手を摑む。

指を一本ずつ絡め、指のつけ根をぎりぎりと押しつけてくる。

「お前は違うのか？」

十本の指で、暁を感じる。

温もりを。

皮膚の感触を。

熱を。

わけのわからない状況で邑から連れ出された五年前。

こうして再び邑に連れ戻されたことに、衝撃を受けるほど外の世界に俺が馴染《なじ》めたのは、すべて暁のおかげだった。

「暁」

名前を呼ぶことしかできない俺を、暁はその腕の中に抱き締める。その瞬間、暁の匂いに包み込まれる。

「この匂いだ」

俺が暁の匂いを感じたのと同じように、暁もまた俺の匂いを感じている。

首筋に鼻を押しつけられた状態で囁《ささや》かれることで、かかる吐息に全身が粟立《あわだ》ってしまう。

「暁……」

昨夜よりも強い欲望が、体の奥から芽生えるのがわかる。

肌がざわめき体温が上昇し鼓動が高鳴り呼吸が速くなる。

暁はそんな俺の唇に自分の唇を重ねてくる。

あの日、触れた唇の感触が、明確に蘇ってくる。剣の唇とは違う。俺の知っている唇の感触に胸がいっぱいになる。

布団の中で口づけただけの記憶が、驚くほど深い記憶として唇に刻まれている。その唇がもっと欲しくて、俺は甘く暁の唇を食《は》む。

上と下を交互に挟んで引っ張って、軽く歯を立てたところで、暁がふっと笑った。

「……何？」

既に意識が口づけの甘さと心地よさに蕩《とろ》け始めている俺の目には、暁がぼやけて見える。
そんな俺の唇を指でなぞりながら暁は言う。

「嬉しい」と。

「何が？」

伸ばされた指に舌を伸ばししゃぶりつくと、暁は小さく息を呑んで一瞬、片方の瞼《まぶた》を閉じた。

「お前とこうしていられることが」

俺がしゃぶっていた指を口から引き抜き、唾液《だえき》で濡《ぬ》れたそれを顎《あご》に移動させ、そこから首筋を通り鎖骨に辿《たど》り着いた。

「暁……っ！」

唇の熱さにざわめいた肌に、暁は歯を立ててくる。尖《とが》った歯先が皮膚に食い込む感覚と、熱く滑《ぬめ》った舌の感触に、皮膚の下で燻っていた『月』としての本能が牙《きば》を剝《む》く。

暁とこうしていられることが嬉しいのは、俺のほうだ。

その証拠に、腰の奥深い場所で、何かが大きく疼《うず》き、ドクンと強く脈動する。さらに性器が硬くなり、昨夜剣に解《ほぐ》された場所が、ひっきりなしに収縮を繰り返し始める。

発情期であれば、誰に対しても体は反応してしまう。それでも、昨日の剣に対する反応と、今、こうして暁に対しての反応は「違う」。

誰より自分がわかっている。

もちろん、触れられれば反応してしまうし、理性の箍《たが》が外れればわけがわからなくなってしまうだろう。

それでも今、この瞬間、こうして暁に抱かれている自分は、剣に愛撫《あいぶ》されていたときとは違う。

違うと、思いたい。

同じ父を持つ自分たちだ。

互いの体に流れる同じ血が、互いを求め合っているのかもしれない。

父を父と言えない立場で、似た者同士であるがゆえに求め合っているのかもしれない。

ただ『月』として、より剣よりも暁のほうが、相性がいいだけかもしれない。

どんな理由でもいい。今この瞬間、俺は暁が欲しい。暁に触れたい。暁と交わりたい。

口づけだけでこれだけ盛り上がれるのだ。

昨夜、剣にされたように暁に触れられるかもしれないと感じるだけで、とてつもない感覚が全身に広がっていく。

「暁が欲しい……」

胸元から手を差し入れられ、肩口まで着物を脱がされ露《あら》わになった乳首に、濡れた暁の指が触れてくる。

撫《な》でられ指の腹で潰《つぶ》されこねくり回されるたび、体中がビクビク反応してしまう。

「いいのか……？」

暁の問いに俺は頷《うなず》きで応じる。

「明日の夜……俺は多分、若様を連れてきたという重鎮に抱かれる」

「な……」

「初めての『月』が好きな客らしい」

「いいのか、それで」

暁は目を見開き、俺の腕を痛いぐらいに摑んでくる。向けられた瞳《ひとみ》は、怒ったように、傷ついたように思える。それに対して俺は肩を竦《すく》めた。

「よくない。だから今、暁に抱かれたい」

その言葉で暁の眉《まゆ》が上がる。

「俺は『月』だ。この先もそれは変わらない。明日の客は、そんな俺にとって大切なひとになるだろうと思う」

その決意は今も変わらない。でも今こうして暁に出会ってしまった。

「『月』として生きていくためにも、暁に抱かれたい」

誘うように俺は暁の頬《ほお》に手を伸ばし、もう一方の手を自分の腕にある暁の手に重ねた。その手を口に導き掌《てのひら》に口づける。唇の熱さで、何もかも暁には伝わるだろう。『月』だけでなく『邑』のことも知っている暁なら、俺の言葉の意味もわかるはずだ。その上で暁を欲しい俺の気持ちも。

「いいのか」

改めて暁は聞いてくる。

「よくないと言ったら、暁はここで何も言わずに帰るのか？」

俺の問いに暁は躊躇《ためら》いもなく首を左右に振った。自ら尋ねておきながら、暁の反応に俺は安堵した。

「これからのことは二人の秘密だ。誰にも言わない。誰にも教えない。自分たちも、すべてを終えたら忘れる。そうしたら、この先も誰にも知られることはない」

口元にある黒子《ほくろ》に指が伸ばされる。

今にも押し寄せる欲望に理性が飲み込まれそうだった。それを懸命に堪《こら》える俺の言葉に、暁は唇を真一文字に引き結んだ。

「朝まで……朝までは二人だけだ」

それから何かを覚悟するように頷いた。

「俺たちだけの秘密か」

「そう。誰にも言わない、二人だけの」

気づけば空にあった月は、完全に雲の中に消えていた。


俺に与えられた部屋は、人目につかず見世の裏側から出入りできる場所だった。おそらく明日の夜訪れる客のため、ここにされたのだろう。

でもそれは、誰にも知られず暁を部屋に連れ込むのにも好都合だった。

部屋に入るや否や、暁は俺を抱き締め唇を重ねてきた。

そして一度直した着物の胸元から手を差し入れ、先ほど触れていた小さな突起にまた触れてきた。

「……っ」

既に敏感な場所は軽い刺激にも過剰に反応する。しかし唇を封じられていては声を上げることもできず、ただ体を小刻みに震わせる。

膝《ひざ》から力が抜け落ち、敷いたままの布団に崩れていく俺の体の上に、暁はゆっくり覆いかぶさってくる。

暁はその間に簡単に結んだだけの帯を解き、下着をつけていない俺の下肢に直接触れた。

「あ」

咄嗟《とっさ》に上げた声に暁は顔を上げ、唇の前に指を立てた。

「声を抑えて」

そう言われても、そこを暁に触られたら我慢ができない。でもこの情事を誰かに見られてはならない。俺は布団を覆う敷布を噛《か》み、懸命に込み上げる声を殺す。

昨夜、剣に下肢を弄《いじ》られ後孔を探られた。あのときの感覚は、より本能に近い。今ももちろん本能は否定しない。

教えられた快楽を再び得たいと思う気持ちがあるのは間違いない。

だがそれよりも「暁に」触られたい、「暁に」触れてほしいという気持ちも同時に生まれている。だから剣に触られたときより軽い愛撫でも、全身が喜びに戦慄《わなな》いている。

「あ……」

「すごい匂いだ……お前がよがるたびに、眩暈《めまい》を覚えそうなほどに濃厚な匂いが全身から溢《あふ》れてくる」

暁は俺の胸や下肢を愛撫しながら、うっとりとした声を上げる。

「この匂いを嗅いでいるだけで体中が熱くなる。お前が欲しくて、俺のものが痛いぐらいに硬くなる」

気づけば衣服の中から導き出された暁の欲望を目にした刹那《せつな》、ドクンと腰の奥が疼いた。硬く太く熱い暁自身を、後孔に突き立ててほしい。そしてそこを滅茶苦茶《めちゃくちゃ》に突いて、体の奥に彼の欲望のすべてを解き放ってほしい。

「いいか？」

欲望を添えた暁の手が俺の後ろに触れる。確認されるまでもない。解されていなくても、そこが既に暁が欲しくて浅ましく収縮しているのはわかる。

声を発するのも困難だった。だから俺は何度も頷いた。

俺と違って暁はきっと女を知っているのだろうと思う。花菱の教育にはそういうことも含まれていたからだ。

そんな暁にとって、男で、かつ『月』というわけのわからない自分は、嫌悪する対象ではないのだろうか。

込み上げる不安を押し殺し、ゆっくり後孔に暁の欲望が押し当てられるのを待つ。

そしてそこに灼熱《しゃくねつ》の先端が押し当てられると体が竦み、中に押し入ってくるのに合わせて呼吸が速くなった。

「……っ」

頭で考えるよりも前に逃げ出したくなる。剣に指でされたときとまったく違う。快楽とは程遠い感覚が、暁を受け入れた場所から全身に広がる。

だが懸命に堪えているのが暁にも伝わったのだろう。

頬に触れる温もりに気づいて、いつの間にか閉じていた瞼を開くと、これ以上ないほど真摯《しんし》な暁の表情が飛び込んできた。

額に汗を浮かべ、唇を軽く噛んでからその唇を開く。

「痛いのか」

口を開いたら、何を言うかわからない。だから頷きで暁の問いに応じると、暁は眉間《みけん》に皺《しわ》を寄せる。

「悪い……でも、やめてやれない」

情欲に濡れ掠《かす》れた声に、背筋がぞくぞくさせられる。その瞬間、先端を挿入しただけだった暁の欲望が、一気に奥まで進んできた。

「あ……っ」

「すまない……痛いか。苦しいか？」

背中を弓なりに反らし上下させる腰を、暁は追いかけて突き立ててくる。擦《こす》られた内側の皮膚が熱を発し、疼く場所をさらに擦られる。

苦しいし痛い。握られた掌に汗が浮かび、痛いぐらいに指を絡められる。わけがわからず首を左右に振って必死にやり過ごそうとするが、間髪をいれず攻められてしまう。

「や、あ、あ……」

「悪い……でも俺は……最高に、気持ちいい」

暁は露わになった胸元に唇を押しつけ、胸の突起に吸いついてきた。そうしながらより腰を激しく上下させる。

「んんっ」

多分、その瞬間に体の奥にある暁の角度が変わったのだろう。突然に奥を抉《えぐ》られた途端、内腿《うちもも》が痙攣《けいれん》したように震え、擦られた場所から熱いものが溢れてくる。

その反応はすぐに体に表れる。

二人の腹の間に挟まれていた俺自身の性器が硬くなり、蜜《みつ》を溢れさせていた。トロトロになったそこは暁が腰を動かすたびに反応し、嫌らしく脈動する。

「気持ちいいのか？」

「わからない……でも……」

暁自身を銜《くわ》え込んだ場所も変化している。

異物のはずの暁の性器を受け入れた内壁が柔らかく熱く疼き、侵入してきた存在を受け入れ纏《まと》わりついていく。そんな内壁をさらに分け入り奥へ進もうとする熱に、体が内側から溶かされていく。

「熱い」

明らかに昨日、剣に解されたときよりも強烈な感覚が全身に広がっている。

挿入された場所だけでなく、指の先から頭のてっぺんまでが痺《しび》れるようにじんじんと疼く。中から自分の体が作りかえられているような気分にさせられる。

「熱くて熱くて……」

でもだからといって熱を冷ましたいわけではない。

朦朧《もうろう》としてくる意識の中、俺は無意識に二人が繋《つな》がった場所へ手を伸ばす。そして暁自身の根元に指先が触れた。

「あっ」

暁が短い声を上げるのを確認して訴える。

「もっと……動いて」

発した声に情欲が混ざっているのが、自分でもわかる。俺の言葉を聞いたせいか、体内

の暁が嵩《かさ》を増した。

「あ……っ」

暁は俺の腰を抱え直した。そして一度己を引いたかと思うと、再び深くまで突き入れてきた。

「や……駄目……そんな……っ」

「お前の体を気遣っていたのに……そのお前が煽ったんだからな」

それまでが嘘《うそ》のような激しい腰の動きに戸惑いながら、確実に俺の体は変化していく。どれだけ指で解されても、実際に性器を挿入されるのとでは違いすぎる。太さも熱さも硬さも、それから何より、剣と暁という違いもあるだろう。

触れられた場所すべてが熱く溶けそうになる。初めての行為に痛みがないとは言わない。だがそれも喜びに変化していく。

俺は確かに『月』だ。でもそれ以前に、一人の人間だ。体は確かに他とは違う。しかし心は同じだ。

一緒に過ごしていたときには気づかなかった。だが離れて、もう二度と会えないかもしれない状況に陥って初めて、暁への想いに気づかされた。

「暁……」

名前を呼ぶと、暁は俺の顔を見た。

切羽詰まった表情を見るだけで、胸が苦しくなる。

「好き……」

溢れる想いを言葉にした瞬間、暁が「っ」と呻《うめ》き、体の奥にあった熱が一気に放出される。暁の体が震え、下肢が熱を持つ。

（嘘……達《い》った……？）

何が起きたかさすがに俺にもわかる。暁は荒い息を吐き出して、俺の唇に噛みつくような口づけをする。

「ん、ん……っ」

唇を食み舌を貪《むさぼ》られ歯を立てられる。尖った歯先の感覚に一瞬身を竦めるものの、すぐに舌を絡められるとそこから力が抜け落ちていくような気がする。

長い長い口づけだった。

口づけというよりも、性交そのもののような行為に思えた。

口腔《こうこう》内を暁の舌で嘗《な》め尽くされ愛撫された。舌を絡められ吸われ、歯のつけ根を細かく刺激されるたび、唾液が溢れた。

そして混ざり合った唾液を飲み合い、また唇を貪る。

濃厚な口づけを交わしていると、体内の暁が再び力を戻すのがわかる。暁は唇を重ねたまま腰を動かし始める。

中に吐き出されたものが潤滑剤の代わりでもしているのか、先ほどよりも暁が滑らかに動く。その分、より深い場所まで先端が当たり、新しい快楽が目を覚ます。

「ん……っ」

まだ高ぶったままだった俺が、二人の間で反応する。それを合図に暁は重点的に同じ場所を突いてくる。

初めての快楽に戸惑っていた俺の体も、『月』としての本能も目覚めたのか、与えられる刺激を愛撫として受け入れられるようになっていく。

「もっと……」

小刻みに震える性器を自分から暁の腹に擦りつけ、より強い愛撫を求めた。

朝まで――限られた時間だからこそ、俺は必死に暁を求めた。

だが朝が近づき、別れの時間が近づいてくるのと反比例するように、互いの想いは深くなり、離れがたさが募っていく。

何度目かわからない想いを解き放ったとき、暁が言った。既に太陽は東の空から顔を出し、朝の訪れを告げている。

「無理だ」

朦朧とした意識の中でその言葉を聞いた俺は、暁の意図が理解できなかった。だから言葉をそのままの意味で捉えてしまう。

それゆえ、無言でいる俺の顔を、暁は怒ったような顔で覗《のぞ》き込んでくる。

「お前はそれでもいいのか」

そして問われる。

「いいのかって……何が」

「お前はこれで終わりでいいのかと聞いている」

俺の体内から暁は己の欲望を引き抜くと、同時に中に吐き出されていたものがどろりと零《こぼ》れ落ちていく。それを拭った指を、暁は俺の胸に擦りつけてきた。

「もしかしたら、俺の子どもを身籠《みごも》ったかもしれないな」

「……っ」

暁の言葉で、俺は初めてその事実を認識した。『月』である以上、その可能性は否定できない。

「今日だけで終わりにしない」

暁はさらに驚くべき話を続ける。

「おそらく今夜お前を抱くだろう人物に近づく」

「それは、どういう意味？」

今夜、俺は初めての客を取ることになるだろう。突きつけられる現実よりも、暁がどういうつもりなのかが気になってしまう。

「俺はお前の客になれる立場にはない。お前も『月』だと自覚したばかりで、邑を出て生きていくのは難しいだろう。だから、今の状況を最大限利用するんだ」

「利用？」

「あの方の年齢を考えれば、お前を滞在中ずっとは抱けないだろう。だから……」

つまり、人目を盗んで関係を続けるということか。

「そんなことできるのかな」

「できるんじゃない。するんだ」

暁は萎《な》えた俺自身を撫でてきた。もう吐き出すものはないはずなのに、暁に触れられるだけでいやらしく反応してしまう。

「俺が他の人に抱かれるのが、嫌じゃない……あっ」

俺の問いの答えは、痛いぐらいに性器を握られることで理解する。

「嫌じゃないと言ったら嘘だ。だが……それ以上に、二度とお前に会えないほうが嫌だ」

暁は再び俺の足を開き、何度も貫かれ柔らかく熟れた場所へ、己のものを挿入してきた。

俺のそこは驚くほど自然に、そしていやらしく暁自身を受け入れていく。


二人の、二人だけの秘密は、それからしばらくの間はずっと守られていた。

暁の予想したとおり、最初の客となった政府の重鎮はかなりの高齢者ということもあり、実際に俺を抱いたのは最初の夜だけだ。

暁に抱かれたのがばれたらどうしようかと不安に思ったものの、そんな俺の反応だけで満足したらしい。

頻繁に邑には訪れ俺を指名するものの、ともに食事をしたあと、裸にした俺の体を一通り撫でただけで床に着いてしまう。

そして一度眠りにつくと、朝まで目覚めることがない。それを待って、俺は暁と逢瀬《おうせ》を重ねた。

発情期とはどういうものか。

暁と抱き合うことで俺は己の体と『月』の性質を理解していった。

抱き合えば抱き合うほどに相手が欲しくなり、強くなる欲望に驚くしかなかった。そんな俺の反応に、暁は呆《あき》れるどころか喜んでくれた。

何度も暁は俺の中に欲望を放った。そのたび俺の体が悦《よろこ》びに震えた。

「俺の子を生んでくれたらいいのに」

最初はわずかな可能性だった言葉が、確実に現実味を帯びてくる。同時に不安も募る。

一度は客に抱かれて体の中に放たれている。でもそれで子ができる可能性はあまり高くないだろう。だから今妊娠したら、ほぼ父親は暁だ。血の繋がりのある二人の、禁忌の子。

「本当に子どもができたらどうする？」

おそらく客は、俺はもちろん子も引き取ったりしない。

「もちろん、そのときは子と一緒に三人で暮らそう」

なんの躊躇いもなく紡がれる言葉に、俺は瞬《まばた》きを繰り返す。

「本気で言ってる？」

「もちろんだ。生活は大変かもしれない。だがお前と一緒なら、なんとでもなる」

握った手に口づけてから、暁は腰を激しく動かす。夢物語に過ぎないとわかっていても、体の奥に放たれる液体を頭の中で描きながら、俺は最高に幸せな気持ちになった。

だが、そんな幸せは長く続かなかった。

二度目の発情期が訪れる前に、客が他界したのである。

世俗とはかけ離れた場所である邑にも、その情報はすぐに伝わってきた。そして客の最期の相手となった俺と見世に、遺産の一部がもたらされた。見世とは最初から、万が一のときのことが約束されていたそうだ。かつ、政府との間にも確固たる縁ができ、見世、ひいては邑の立場も確立した。

だが俺は喜べなかった。

「お前は優しい子だね。そういうところが、あの方も気に入ってくれてたんだろうね」

主《あるじ》はただ泣くことしかできない俺が、客の死を悼んでいるのだと解釈したのだろう。もちろん俺は主の言葉を否定しなかった。

でも実際は違う。

あの客が亡くなってしまったら、暁に会えなくなってしまう。そのことが悲しくて仕方がない。

暁との間で、将来の話はした。

子どもができたらなどという夢のような話をしたのに、目先の現実については考えなかった。

客が他界したらどうするのか。

最初の夜、二度と会えなくなるかもしれないと思って交わったものの、その後の道が拓《ひら》けた。それによって、多分二人とも、有頂天になっていたのだ。

俺から連絡を取れるわけもなく、暁から連絡が来るわけもない。

しばらくの間は泣いて過ごしていたが、二度目の発情期が訪れる頃になって、はたと気づいた。

他の客を取るようになれば、再び客のつき添いとして、暁がやってくるかもしれない。

それこそ、最初の客の遺してくれたお金があれば、邑の中で家を得ることも可能だった。

今考えれば邑を出ることもできたかもしれない。

だがあのときの俺は、どうすれば邑の中で暁に再び会えるか、しか考えられなかった。

だから俺は積極的に客を取った。だが最後までさせることは、できるだけしないようにした。

いつか、暁に会うために。

やがて俺は『望月』と呼ばれるまでになっていた。

客の中には、一緒に住もうと誘ってくれる人もいた。客ではないが、剣もその一人だ。

それこそ最初の客に抱かれた直後から、言い寄ってきていた。だが俺は曖昧《あいまい》に濁し続けた。

頭の中にも心の中にも、ずっと暁がいた。ただひたすら暁のことを考えて過ごしていたが、年を経るごとに、心の中ではもう駄目なのだろうと思っていたのだ。

諦《あきら》めがついたのは十年が過ぎた頃だ。それと同時に、邑を出ていた頃の記憶や戻ってきた直後の記憶が少しずつ薄れていった。

暁に関する記憶は、ただ辛いだけの記憶になっていた。だから思い出さずに済むよう、心を護《まも》るために曖昧になったのだろう。

しかし、運命は皮肉なものだ。

まるで俺が諦めるのを待っていたかのように、暁が再び政府要人を率いて邑にやってきたのである。

過去のことなど忘れたかのように、俺と顔を合わせても、憎らしいほど他人行儀で、それでいてかつてと変わらない笑顔を向けてくる。

そんな暁に、懐かしさと同時に震え上がるような感覚を覚えつつも、虚勢を張ることしかできなかった。

『月』と政府側の人間。

互いに踏み込めない距離を感じながら、心はざわついてしまう。

このとき、暁の連れてきた客を相手したのは他の『月』で、一度だけで終わった。

それからまた暁は、見世に客を連れてくるようになった。でも俺の発情期に合わせた客はいなかった。

暁はただの世話人で案内人に過ぎず、客を邑に送ると宿泊することなく外に戻る。そして客が帰るときにまた迎えに来るのだ。

わかっていても、暁が客を連れてきた夜になると、俺は無意識に緊張してしまう。もしかしたらと期待している自分に呆れつつ、朝になって鳥の声が聞こえてくると落胆する。

こんなふうに思うのは自分だけなのか。

真意を図れないまま、暁は二か月前にまた新たな客を連れてきたのである。


「またこの時期か」

髪を結い派手な柄の着物を着つけながら俺はため息をついた。

今回も俺の発情期とはずれている。だから俺の客にはなりえないが、こうして着飾っているのは、今日の客が特別な存在だからだ。

『盛大に出迎えるように』という暁からの命で、俺は食事の場で舞を踊ることとなった。

江戸時代の吉原の花魁《おいらん》のように装い、酒をふるまい『月』が歌い踊る。特別な客が訪れたときに、この手の宴会は催されるが、回数はさほど多くない。基本的に見世の顔である『望月』の役割だからだ。

だが場合によっては俺が出る。要するに今日の客がそれだけの大物だということだ。

俺がこうして着飾り踊ること自体、何年ぶりか。

「あの人は俺に客を取らせたくないのか？」

ただの偶然かもしれないと思いつつも、これだけ同じ状況が続くと理由があるのかと勘繰りたくなる。

もちろん、暁が連れてくる以外にも客がいるし、発情期に困ることはない。暁もわかっているだろう。

だから「偶然」が続いているだけだ。そこに意図があると思いたいのは俺だけだ。言い聞かせようとしても、暁の顔を目にすると胸の奥が疼く。

その胸の疼きに甘い痛みを覚えつつ、いつも以上に己の顔に化粧を施す。唇に紅を差してから、口元の黒子にそっと指を伸ばすと、再び胸が疼いた。

（誰のために着飾ってるのか、気づかないわけはないよな？）

もう暁にそのつもりはないかもしれないと思っても、俺の想いは断ち切れない。

その疼きに気づかないふりをして、見世の宴会場へ向かう。

そこまでの回廊を歩いていると、俺の姿を見た他の『月』やその客の口から、感嘆の息が漏れているのがわかる。

そして宴会場へ入って深く頭を下げる。

「ようこそ『月読』へ。見世の『月』である朔と申します。お見知りおきを」

挨拶《あいさつ》ののちに顔を上げた俺は、自分を見つめるふたつの瞳に気づく。

一人は暁。

そしてもう一人が、宴会の主賓だろう、金色の髪の持ち主だった。

暁の隣で胡坐《あぐら》をかき、余裕というよりつまらなそうな態度で酒を味わっていた男の表情が、明らかに変化した。

それこそ身を乗り出すようにして俺を眺めていた男こそが、ウェイン・テイラーだ。

全身に纏わりつくような視線。

頭のてっぺんから足の先にまで向けられていた。

ひとさし舞ったところで、大きく拍手してくる。

「素晴らしいデス。美しい。見事デス」

立ち上がり満面の笑みを浮かべたウェインの様子に、隣に控えていた暁が驚いたようだ。

「ウェイン。まだ終わっていません」

耳打ちされて「そうか」と応じて座り直したウェインは、次の『月』が舞っている間も俺を見ていた。

舞のすべてが終わってからは、俺に酒の酌を指名してきた。そして舞の感想を暁経由で伝えようとしたのだろうが、通訳される前に俺が「ありがとうございます」と英語で応じたことで、おそらくウェインは俺に興味を移していたのだろう。

宴会を終え、いざ剣が今宵《こよい》の相手を紹介しようとしたとき、ウェインは言ったのだ。

「朔がいい」――と。

あの瞬間に見せた暁の表情を、俺は忘れることはないだろう。

＊＊＊

離れから『月読』に戻ってきたのは一週間ぶりだった。昼を過ぎた時間に目が覚めたのは、窓の外から聞こえる賑《にぎ》やかな声のせいだ。

「何事だ？」

邑が賑わうのは大体夕刻からだ。

眠気でぼんやりとした頭のまま窓から身を乗り出すと、見世の前には大きな荷物を手にした二人の人間を取り囲むようにして人だかりができていた。

一人は、かつて同じ見世で過ごしたことのある『月』の有明《ありあけ》、もう一人は邑に通っていた、外で商いを営む年配の男だ。

確か初めて邑に訪れたのは五年前で、とある財界の名士に、半ば無理やり同行させられていた。その前の年に妻を病で亡くしたばかりの上に子どももない男を、元気づけようとしたという話だった。

しかし乗り気になれない男を相手したのが有明だ。

名士はその後邑に訪れることはなかったが、男は足しげく邑の有明のところへ通い、三年目に子どもを身籠ったのを契機に、見世を出て二人の家を持ち、男はそこに通い続けていた。

そして五年目の今年、二人は邑を出ることを決意したらしいと、話には聞いていた。外で生活するため、有明と子どもは二人とも、男の養子にされたそうだ。

有明は俺よりは若いが、『月』としては年長の部類に入る。数年後には発情期を終える。そして発情期が終わることは『月』の寿命が近いことも意味する。

限りある人生を、彼らは家族三人で、外の世界で過ごす道を選んだ。

俺たち『月』からすれば、これ以上ないほど幸せな光景に思える。

ぼんやりと窓の枠に肘《ひじ》をついて上から眺めていると、已の門出を祝う人々に挨拶をしていた有明が俺に気づいて、泣き出しそうな顔で頭を下げてくる。

そんな有明に手を振って応じる俺に、有明の後ろにいた望月が手招きする。口の動きや表情から察するに、俺にも見送りに下りてこいと言っている。

『月』が邑を出ていくときには、『月』全員でその門出を祝うのが慣習になっている。

もちろん『慣習』とはいえ、年に一度あればいい程度の話で、十二年ここにいる俺も、本当に数える程度しか見送りをしていない。

だからこそ全員で祝ってやるのだ。

「ああ、そうか……」

当初の予定よりも早く発情期の来る気配があったものの、あの一瞬だけだったらしい。ウェインが帰宅するのに合わせるように体調が落ち着き、匂いもなくなってしまったのだ。

それでも二日は我慢したものの、昨夜『月読』の部屋に戻ってきた。が、体の周期がおかしくなっているのか、とにかく眠くて怠《だる》い。

そのため有明が邑を出ることなどすっかり忘れていた。

「祝儀袋、どこにやったかな」

机の中から祝儀袋を取り出し、そこに祝いの金を入れてから立ち上がった。

着物の前を直し、羽織を肩から羽織って部屋を出たところで、どこからか線香の匂いが漂ってくる。

その匂いが強くなった部屋の前を通りかかると、誰かがしくしくとすすり泣いている。

微《かす》かに開いた襖の隙間《すきま》から見えた部屋の中では、布団に横たわり、顔に白い布をかけられた『月』の姿が見えた。

（誰の部屋だったかな……）

考えていると、俺を迎えに来たのだろう望月が階下に立っていた。

「弓張《ゆみはり》です」

「え？」

「今朝方《けさ》、息を引き取りました」

俺にだけ聞こえるような声で望月が言っているのは、線香の匂いの部屋の主のことだ。

「弓張って、去年の冬に見世に出たばかりの子じゃ……」

「そんなの今さらです」

望月はやけに冷ややかな口調で言い放つ。

「よくある話じゃないですか。見世に出たばかりの『月』が、最初の客に入れ込んで、でも客は『月』のことをただの性欲の捌《は》け口《ぐち》にしか思っていなくて。そんな男の子どもを身籠ったことで、男の足が遠のいた結果、自ら命を絶つっていうのは」

最初の相手に入れ込むというのは、『月』にとってありがちな話だ。だからこそ、最初の発情期には客を取らないことが多い。しかし状況としてそれができないこともある。

特に、客が「初物」を求めてきた場合、発情期が訪れたばかりの『月』をあてがうのだ。

弓張は見世、つまり邑に来て間もなく『月』と判明したのも、年齢的には遅いほうだ。

しかし外にいた頃から男相手の遊郭で客を取っていたこともあり、本当の意味では「初物」ではないが、客が望んだのはあくまで『月』としての初物だ。だから、見世側は偽ったわけではない。弓張自身、事情をわかった上で客を取ったのだ。

が、『月』として客を取るのは、それまでとはまるで異なっていたのだろう。

初めての発情期の、さらに初めての性交での快楽は特別だ。

回数を重ねることで体が成長し開発されていく。

数え切れないほどの性交を重ねたり、性技が巧みな相手との性交でより強い快楽を得られるようになっても、最初の行為は忘れられない。曖昧な記憶の中でも、俺はそれを実感している。

弓張のように、『月』となる前に男と性交を経験している者は非常に稀《まれ》だ。おそらく性交という行為自体に対して、割り切った物の考え方ができていただろう。

にもかかわらず、『月』として得られるものはやはり違ったということか。

俺の知る限り、相手は正直碌《ろく》な男ではなかった。当然ながら政府の紹介で邑に来たものの、これまでにも「初物」ばかり好んで指名してきた。

客には様々な性癖を持つ者がいる。その中でも「初物」好きは、かなり多い。しかし『月』に対する知識がない上に、発情期ゆえに堪えられないのを利用して、かなり無理な行為を強いてくる者もいる。弓張の相手は、一般的に見て最低と分類される男だ。しかし弓張にしたら「最初の男」であることに変わりはない。

発情期の間中、男は見世に留《とど》まった。そのときに弓張は身籠ったのだろう。

「次の発情期に合わせて見世に来るはずだった男は、どこかで弓張の妊娠の噂《うわさ》を聞いたんでしょう。見世には来たものの、他の『月』を指名。当然、剣さんは見世の決まりに則《のっと》って拒んだものの、聞き入れるわけがない。結局上からの圧力で、弓張から他の『月』に乗り換えたのだ。

そして弓張は――。

「剣さんが言うには、多分弓張にとってあの男は、運命の相手だったんだろうって。だから弓張が自ら命を絶たなくても、おそらく子が生まれるのと引き換えに、命を落としていたんだろうって」

望月の言葉を聞きながら、俺は邑を出て行く有明らの背中を見送る。

おそらく、有明にとって相手の男は、運命の相手ではなかった。でもだからこそ、二人の間に生まれた子とともに、邑を出て行けるのだ。

「そういえば朔さん。どうしたんです？」

望月が思い出したように聞いてくる。

「匂い、しませんけど」

「ああ」

さすがに望月はすぐに気づいた。

「予定より早く来るかと思ったけれど、この状態だ」

俺は肩を竦める。

「今夜、ウェインさんが来る予定だったけど、変更したほうがいいかもしれない」

もちろんまったく相手ができないわけではないし、ウェインの顔を見たい気持ちはある。しかし「次」に会うときは、しっかり交わり合いたいと、俺は思っている。おそらくウェインもそれを期待しているだろう。

とりあえず会って発情期が来なかったことを告げるより、事前に伝えた上でウェインに判断してもらうほうがいい。

「剣に連絡してもらうつもりだったんだが……」

剣は今、有明の見送りに同行している。おそらく邑と外を隔てる門まで行くのだろう。そうなると、戻ってくるまで結構時間がかかりそうだ。

おまけに、祝儀も渡せていないことを思い出す。

「これ、二人に渡して、剣さんにも伝えておきます」

俺の手から祝儀袋を取った望月は、苦笑交じりに言った。

「望月……」

「体、怠いんでしょう？」

「でも」

ありがたい話だ。だが甘えていいのか。

「いつも朔さんには面倒ばかりかけてきたから、このぐらいお手伝いさせてください。って、それほどのことじゃないですけどね」

望月はそう言って肩を竦めた。

「ホント、珍しいですよね」

「何が？」

「朔さんが、こんなふうに客に気を遣うの。大抵、客のほうが気を遣ってくれてるのに」

「そう、かな」

ウェインが帰るときにも、望月はウェインのことに触れてきた。

『あんな人が運命の相手だったら、幸せになれそうですよねえ。そう思いませんか？』

あのときは望月に『運命の人』のことを言われても何も感じなかった。

だが今、冷静な頭になった状態で改めて思い出すと、あのときとは違った想いを抱く。

『月』となって十二年。

初めての相手である暁を忘れないままに過ごしてきたせいか、他の誰を相手にしても同じだった。

だがウェインは違う。

表向きの快感とは異なるものが生まれた。何より、自分に向けてくれた真《ま》っ直《す》ぐな想いが忘れられない。

『一度は、好きな人との間の子を生みたいと思いませんか？』

同じく望月に問われた言葉が蘇る。

恋い焦がれ求めた暁との子に恵まれなかったあと、一度たりとも子が欲しいと思ったことはない。実際に身籠ることもないまま『月』としての一生を終える日が近づいている。

そんな今、『子』のことを考えるようになるとは思いもしなかった。

もし叶《かな》うのであれば。

ウェインが運命の人でなくていい。でも、こうして心から愛《いと》しいと思える相手の子を生んでみたいという気持ちが芽生えてきた。

「そうですよ」

望月は俺の体の向きを変えさせて、背中をポンと押してきた。

「物思いに耽《ふけ》るのもいいですが、無理しないで、寝られるときに寝ておいてください。発情期が来たら、寝られなくなってしまうんだから」

強気な物言いの裏には、望月の優しさが隠れている。

「わかった。ありがとう」

正直を言えば、望月の申し出はとてもありがたかった。

剣が戻ってくるまで、かかっても三十分だろう。今の俺にはその三十分が永遠に思えるほど長く感じられてしまう。

十代の頃は、発情期前に強烈な睡魔に襲われたものだった。しかし年を経るごとに緩和されてきていたため、ここまでの眠気は久しぶりだった。

望月と話をしている間にも、倦怠《けんたい》感に襲われている。

「ゆっくり眠ってください。これ、前にお医者様からもらった薬です」

望月は俺の手に小さな薬の入った袋を握らせてきた。

「何？」

「よく眠れるお薬です。朔さん、飲んでないんですか？」

発情期になると、性欲のせいで睡眠が取れなくなることが多い。さらには眠気が訪れても、頭が昂揚《こうよう》していて熟睡できないこともある。そんなときに少しでも眠れるようにと、処方される薬があった。

初期の頃は少しだけ服用したが、今は薬の存在すら忘れていた。

「最近はそんなに強い発情期が来ないから……」

「今回は違うかもしれないじゃないですか。眠れるときに、少しでもちゃんと眠れたほうがいいでしょう。ウェインさんが次にいらっしゃるときのためにも」

「そうだね。ありがとう」

望月の言葉に頷いた。確かに言われたとおりだ。次に発情期が来たとき、ウェインと抱き合うためにも、今、よく眠っておくべきだ。

だから望月の言葉に甘えて部屋に戻り、もらった薬を白湯《さゆ》で飲んでから布団に倒れ込む。

体を横にすると、急激に瞼が重くなった。

次に目覚めたら体調はどうなっているだろうか。発情期の気配が感じられればすぐにでもウェインに連絡をしよう。

今夜、会えないのが残念だ。

(顔だけでも見たほうがよかったかな……)

今さらなことを思うが、薬のせいもあるのか、まったく体を動かせない。

(起きたら……意地を張らずにウェインに「会いたい」と連絡しよう)

驚くだろうか。でもウェインなら、それ以上に喜んでくれるに違いない。

——そこまで思ったところで、意識が遠のいた。

「眩《まぶ》しい」

窓にかけられた御簾《みす》の間から射し込む陽射しを、手を伸ばして遮った。しかしそれでは完全に眩しさから逃れられず、頭が目覚めていく。

「朝……か」

布団を捲《めく》って起き上がるものの、すぐには覚醒《かくせい》しない。しばらくぼんやりしていたが、どこからか聞こえてくる鐘の音に、はっと顔を上げる。

数は十二回。ということは、正午だ。驚いて御簾を上げると、太陽が高い位置に上っていた。

昨日寝たのは昼過ぎだ。

ほぼ一日、食事もせずに眠り続けたということか。

体調のせいもあるだろうが、望月にもらって飲んだ薬の影響が強いだろう。

それにしてもよく眠った。

多少、腰が痛くて、眠りすぎたせいか頭もぼんやりしている。だが驚くほど体はすっきりしている。

元々眠りの浅いほうだったせいで、このところ、常に腰の奥に鉛を抱えているような感じがあった。だがその鉛が消えたかのようだ。

腹に手をやっていると、空腹ゆえに鳴った。

「とりあえず湯浴《ゆあ》みをしてから、何か食べよう」

寝乱れた着物を直し、手拭いを手に共同浴場へ向かうべく部屋を出る。と、この時間にもかかわらず、廊下の奥のほうから激しい喘《あえ》ぎが聞こえてきた。

「……望月、だな」

甲高く舌っ足らずな甘えた声はよく知っている。

望月は客の好みによって、あえて声を殺したり、喘ぎ声を上げたりという奉仕精神に溢れている。おそらく今日の客は、声を上げるのを好むのだろう。

（……あれ？）

俺は脱衣場で服を脱ぎかけていた手を止める。

望月の客の篠原は、先日の一件があった翌朝に邑を出ている。

とはいえ、望月はおそらく今も発情期だ。俺の匂いが消えたことに気づいたのもその証拠だろう。

ひとつの発情期中に、他の客を取らないのは見世の基本的な規則だ。が、その規則を守らず違う客を取ったり、他の『月』の客を盗るのが望月の悪癖だ。

だがその貪欲《どんよく》さゆえに『望月』の名を得たのだ。

「また揉《も》めなければいいけど……」

浴場に他の『月』はいない。髪を頭の上でまとめてから体を伸ばして熱い湯に浸《つ》かるとほっと一息できた。

が、そんな時間は長続きするものではないらしい。浴場の扉の開く音がする。誰が来たのだろう。

「朔……か？」

浴場の掃除をしに来たのだろう。剣は床を磨くブラシと桶《おけ》を手にしていた。

「……お疲れ様」

この間の会話を思い出して、気まずさに手拭いで顔を拭いながら横を向く。

「お前、体調が悪いのに、風呂《ふろ》になんて入っていいのか？」

そんな俺に、剣が声をかけてくる。

「体調？」

いつそんな話をしただろうか。

「望月から聞いた」

「ああ。うん。ちょっと怠くて。でも休んだら落ち着いた」

おそらくウェインへの伝言を頼むのに、望月はそういう理由にしてくれたのだろう。

「ウェインさんには次に会ったとき、きちんとお詫《わ》びしないと」

「聞いていないのか？」

「何を？」

下りてきた髪をかき上げながら剣を振り返ると、険しい表情を見せる。

「ウェイン、もしかして怒ってた？」

予想もしていなかったが、ウェインは外国の人だ。日本人でも『月』を知らない人が多い。知っていてもすべてを理解できている人は、数える程度だろう。

そんな状況で、ウェインに『月』の生理事情を理解しろというのが無理な話だったのか。

「どうしよう。次に邑に来るときなんて暢気《のんき》に言っていないで、花菱さんに頼んで直接連絡したほうがいいかな？」

慌てて浴槽から出て剣の前へ向かう。今さらだ。体を隠すようなことをせずにいると、剣は露骨に顔を横へ向けた。

「剣」

「邑から花菱に直接連絡を入れるのは基本、禁忌だ」

「わかってるよ、そんなこと」

見世から外へ連絡する術《すべ》には、いくつか間を介している。そこを通じて暁に連絡するのだ。

咄嗟に強い口調で言い返す。

十二年も邑で過ごしている。わかっていても、自分から連絡をしたほうがいいのではないかと思うほど、不安になったのだ。

「ウェインさんは忙しい人だ。そのうちに連絡があるまで待ったほうがいい」

「……そう、かな」

「連絡したところで、何を言うつもりだ。今、発情期でもないのに」

「それはそうなんだけど」

いつもなら冷静に対処法を考えられるが、ウェイン相手には何が正解かわからない。

「――とにかく無理をするな。もう若くないんだからな」

剣は早口に言うと、俺に背中を向けて床を磨き出す。

「それよりも出てくれないか。掃除をしたい」

「あ、ああ。ごめん」

剣の背中を眺めながら、俺は浴場を出た。

(なんか機嫌悪い？)

だとしたら、理由は間違いなく俺のせいだ。

そんな剣にウェインの話を聞いた俺が無粋だった。

申し訳なさに、素肌に浴衣《ゆかた》を簡単に着つけてから、改めて話そうと浴場を覗く。しかし俺に気づいても剣はふいと顔を逸《そ》らしてしまう。

(少し様子を見たほうがよさそうだ)

剣とは、これまでに何度も仲違《なかたが》いしたことがある。それでもある程度の冷却期間を置くことによって、どちらかが妥協するようになる。そしてまた、つかず離れずの関係に戻ってきた。

だから、今回もきっと同じだろう。

そう解釈して部屋に戻った。

その日は結局一日体調は戻らず、なんとなく起きたり寝たりを繰り返して過ごした。

翌日の目覚めは悪かったが、それでもぎりぎり朝食を摂《と》れる時間だったおかげか、体の周期が戻ってきたような気がした。

望月に話を聞こうと思ったが、部屋から出てくる様子がなかった。この状況だと、客が帰るまでは無理だろう。

そして、三日目。

夜が明けてすぐぐらいの時間に目覚めたのは、きっと部屋の外の気配に気づいたからだ。

廊下の先で何かやり取りしているようだが、一方の声は望月のようだ。甲高い声が早朝にはかなり耳障りに思える。

(もしかして、また揉めてるのか?)

半ば夢の中にいたものの、さすがに望月のことなら放ってはおけない。

「ったく、しょうがないな」

布団から這《は》い出て羽織を手にすると、できるだけ音を立てないように膝を畳につけたまま襖を開ける。そしてそっと顔を上げると、望月の姿が目に入る。

喧嘩《けんか》をしているわけではなく、別れが惜しいのか、部屋の前で行為に及ぼうとしているようだ。

（やれやれ）

気持ちはわからないでもない。だがさすがに周りの迷惑になる。

お節介と思いながらも忠告すべく立ち上がろうとしたとき、視界の端に見えた相手の姿に、俺は思わず動きを止めた。

柔らかい金色の髪。

均整の取れた筋肉に覆われた体軀《たいく》に見惚《みと》れるほど長い手足。

囁かれる声は甘く、どこまでも紳士的な外国人。

「ウェイン？」

頭で考えるより先に名前を呼んだ瞬間、望月の背後にいた男が動きを止める。

「朔、サン」

片言の日本語で紡がれる名前には、甘美な響きがある。

俺にとって本当の名前ではないその「朔」というただの単語が、ウェインが口にすることで特別な名前になったように思えていた。

最初はただの好奇心で見世に訪れた、『月』を知らない国の人間だった。他の『月』ではなく俺に興味を持ったウェインは、性交できなくてもいい、話がしたいと言ってくれた。

それから足しげく見世に通ってくれたウェインに、俺も次第に興味を持った。

そしてようやく発情期が訪れる時期になって、俺はウェインに抱かれたいと思うまでになった。

『月』としてよりも、一人の人間として。

ウェインに興味を持ち、好意を持った。

『月』となって十二年。『月』としての寿命が尽きようとしている俺にとって、最後の客になるかもしれない。それがウェインでよかったと、心から思っていた。願っていた。

発情期が来るのが、ウェインを迎えるのが、嬉しくて仕方なかった。だから先日、発情期が来なかったのが残念でならなかったのだ。ウェインも、同じ気持ちでいてくれていると信じて疑わなかった。

それなのにウェインが、どうして今、ここにいるのか。どうして望月と一緒にいるのか。

意味がわからない。目の前の光景が理解できない。

「朔サン、コレは……」

望月から離れ身づくろいしながらウェインが何かを言おうとする。

「朔さんが悪いんだ」

そんなウェインを望月が遮る。

大きく肌蹴《はだけ》られた胸元に残る情事の痕《あと》が、俺の目に嫌でも飛び込んでくる。

「俺が？」

「三か月もウェインさんのことを待たせておきながら、約束の日に発情期が来てないからなんて断るなんて、僕には信じられない」

望月は今にも泣き出しそうな顔になりながら、敵意を剝き出しにする。

「僕は……僕だって、初めてウェインさんをお見かけしたときから、ずっと好きだった。ウェインさんがお客さんだったらどれだけ幸せだろうって思ってた。同じ『月』なのに、何が違うんだろうと……僕が朔さんだったら、最初からすぐに満足してもらえるだけ相手するのにってずっとずっと思ってた。朔さんのあとでも、相手してもらえる機会をずっとずっと待ってた」

握った拳《こぶし》がぶるぶる震えている。

「この数日、ずっとウェインさんと部屋にいた。ウェインさんと情を交わしてわかった。ウェインさんは僕の運命の相手だ」

「運命の相手？」

望月の言葉にウェインさんが驚きの表情を見せる。

「どういうコトですか。『月読』に来たら朔サンに急用ができたから、代わりに望月サンに相手を頼んだと聞きマシタ」

　ウェインは困惑している。

「本当は、朔サン以外の人を相手にスルつもりなんてなかったデス。デモ、望月サン、いい匂いがして。我慢できませんデシタ」

　ウェインは懸命に言い訳する。

　その言葉に嘘はないのだろう。

　望月はこの機会を「待っていた」のだ。

　あのときの俺の状況から、今しかないと思ったに違いない。

　ウェインがどういうつもりだったかは知らない。しかしどういうつもりだろうと、『月』の匂いに誘われ、望月と性交したのは事実だ。

　望月のことは、見世に来た最初から知っている。

　傍《はた》から何を言われようと、俺は望月の人となりを愛しく思っている。

　見栄を張り虚勢を張り高飛車な態度を取り続けていても、誰より純粋で誰よりも愛情深いのだ。

　外から邑にやってきて、見世では『望月』として振る舞い客に奉仕していても、俺と同じで望月も一人の人間だ。誰かを愛しく想い誰かに恋い焦がれ誰かを欲しいと思う気持ちを抱くのは当然だ。

それが俺に対する妬《ねた》みや競争心から生まれたものだとしても、今こうして向かってくる望月の目に嘘は感じられない。

最初はどうであれ、同じ褥《しとね》で夜を過ごし情を交わしただろう今、『月』としても人としても、ウェインに心惹《ひ》かれているかもしれない。

「ワタシは朔サンが許してくれるなら朔サンが……」

「ウェイン。見世での規則はお話ししましたよね」

何を言おうとしているか察して、俺はウェインの言葉を遮る。

「見世に来る客は、一度相手にした『月』の同じ発情期の間、他の『月』を相手にすることはできないんです」

「でも、望月サンは……」

「それから望月は、貴方《あなた》が自分の運命の相手だと言っています」

「運命の相手とはなんデスカ」

「運命の相手と出会った『月』は、その相手以外との性交ができなくなります」

俺が言うのとほぼ同時に、望月はウェインの背広の裾《すそ》を摑んでいた。俯《うつむ》き小刻みに体を震わせる様子に、見ている俺の胸が苦しいほどに締めつけられる。

「嘘ついてごめんなさい。でも……僕はウェインさんが欲しかった。ウェインさんの子がどうしても欲しいんです」

全身を震わせながら紡がれる今にも消えそうな望月の声を初めて聞いた。

「ウェインさんだって言いましたよね。自分の子を生めばいいって……それで、何度も何度も僕の中に、射精してくれましたよね……」

「望月サン……！」

ウェインは慌ててその言葉を制止しようとするが、それを望月は拒む。

「子どもができるまででいいんです。それまでだけ僕の相手をしてください。心配いりません。僕は……僕は、妊娠しやすい体質なんです。今回の発情期だけで済むかもしれません。もしかしたら次までかかるかもしれないけれど……妊娠したら、朔さんの客に戻ってくれていいです。お願いですから……」

必死すぎる言葉に、俺には何も言えなくなかった。だから二人に背を向けた。

「朔、サン……」

ウェインに名前を呼ばれて足を止める。

「どうして何も言ってくれないんデスか。どうしてワタシを責めないんデスか」

何を言えというのか。

責めてどうなるというのか。

ウェインに告げた望月の言葉は半分嘘だ。子どもを身籠ったら、ウェインに俺に戻れと言った。だがそんなことは望んでいない。それに俺も、望月の気持ちを知りながら、ウェインとつき合えない。

「貴方のワタシに対する想いは、その程度なんデスか」

俺はそこでウェインを振り返って笑う。

「俺以外の『月』を抱いたような人に、そんなことを言われたくありません」

精いっぱいの虚勢を張って言うと、泣き出したい気持ちを堪えてその場を離れた。


「そんなにも、ウェインのことが好きだったのか」

誰もいない場所へ逃げたつもりでいた。

しかし目の前に立つ男の姿を目にした瞬間、さらに明け方の空に浮かぶ細い月を目にした瞬間、忘れていたつもりの過去が蘇ってくる。

邑に戻されて間もない夜。

『月』として見世へ出る道を選ぼうと決意した俺の前に、いないはずの暁が立っていた。

「どうして貴方がここに？」

「ウェインを迎えに来て……剣さんから話を聞いたところだ。ここに送ったときは、君が相手をするものと思って疑わなかった」

その言葉で、望月が俺の伝言を剣に伝えなかったことがわかる。

「よくわからない」

「でも泣いていた」

「そう。でもわからない」

何が悲しかったのか。

「望月に裏切られたことも、望月のウェインへの想いも、ウェインに裏切られたことも、ウェインの俺への想いも……悲しかった。でも……」

最後のウェインの言葉が一番心に響いている。

『貴方のワタシに対する想いは、その程度なんデスか』

指摘されてはっとさせられる。

俺には望月のような、何がなんでもウェインを引き止めたいと願う気持ちが生まれなかったからだ。

そのことが、一番悲しくて切なくて情けない。

俯いていると、突然暁の手が伸びてきた。口元の黒子に伸びる指に気づいて、俺は無意識にその手を振り払ってしまう。

「あ」

「悪い。つい、昔を思い出してしまった」

肩を竦めた暁はその手をもう一方の手で包む。

「あの……」

「余計なお節介だった。俺にはお前に何かを言う資格などなかったのに」

暁はそう言うと俺の返答を聞くことなく背中を向けた。

＊＊＊

望月はこのときの発情期では、子を身籠ることはなかった。

『月』は、通常の女性よりも、妊娠したか否かの判断がつきやすい。特に望月は既に出産経験があるため、己の体調には人一倍敏感だった。

その結果に誰より安堵したのは望月自身だ。

篠原とも性交していたため、身籠ったとしても、ウェインの子かどうかわからなかった。

さらにウェインとの子を身籠ってしまったら、そこでウェインとの関係も終わってしまう。

だが次の望月の発情期が訪れた際、ウェインは見世に来た。だからおそらく二人の関係は継続している。

あのあと、望月とウェインとの間でどういう話がなされたか、俺は知らない。

望月とは一度も話をしていない。

俺自身から話しかけることはなく、望月は俺を完璧《かんぺき》に避けていた。さらに望月の希望だったのか剣が気を回したかは知らない。とりあえずなんらかの理由で、望月は俺とは別の離れで過ごすこととなった。

にもかかわらず、どうして望月のところにウェインが来ているのを知っているかといえば、理由は簡単だ。見世の他の『月』たちが、親切にも俺に教えてくれた。

ウェインを挟んだ俺と望月の三角関係の話題は、邑全体にあっという間に広まった。

元々敵の多い望月が悪者になってしまうのは最初からわかっていたことだ。

通常なら、なんらかの事情で望月が悪者にされたら、火消しに動くのが俺の役目だった。

見世一番の人気を誇る望月に説教できるのは、見世の裏方を務める剣以外には、別格となった俺しかいなかったからだ。

しかし今回俺自身が当事者の一人となっている状況で、望月側に立つ人間は誰もいない。望月はおそらく、ウェインを奪うと決めた段階で、この状況も覚悟していたのだろう。邑で完全に孤立しても、望月はウェインが欲しかったのだ。ウェインとの子が欲しいのだ。

『僕ら「月」からしてみたら、たった一人の相手に出会えるなんて、奇跡じゃないですか。そんな相手がウェインさんみたいな人だったら最高だと思いませんか？』

夢見るような瞳で語っていた望月の姿を思い出す。

複雑な気持ちはいまだ拭えない。だが望月の次の発情期にもウェインが訪れたと聞いてからは、ただひたすらに願っている。

望月が妊娠するように。


そして望月の次の発情期を終えて少しした頃。

かつては、何かと望月の動向を俺に注進してくる者もいた。だが俺が相手にしないせいもあって、以前ほどには情報が届かないようになっていた。

その日は剣に頼まれて、空いた見世の部屋の片づけをしていた。

「どうせ暇なら、少しぐらい見世の手伝いをしたって罰は当たらん」

剣の言うとおりだが、『暇』だと決めつけられてしまうと、どうしても反論したくなる。が、事実暇だったので、俺は言われるままに従う以外になかった。

いざ片づけを始めてしまうと、自分でも呆れるぐらいに熱中する性質《たち》だった。着物の袖や裾をたくし上げ、さらに頭に手拭いを巻いて本格的な格好で、とことん掃除もする。

だからそろそろ夕刻になっても、灯《あか》りを点《つ》けることなしに片づけを続けていた。

そうしたら、部屋の前で立ち話をする『月』の会話が聞こえてきた。空き部屋に人がいるとは思わなかったんだろう。

「望月さん、妊娠したらしいよ」――と。

潜められた声でもよく内容がわかった。

「そうだってね。でも今回は本当らしい」

(妊娠？　望月が？)

頭に巻いていた手拭いを外す。

「本当に？　前回のときも、妊娠したかもしれないって散々嘯《うそぶ》いてたけど」

「なんか、このところ調子悪いって寝込んでいたらしいんだよ。風邪《かぜ》ひいたんじゃないのって言ってたんだ。あの人、しょっちゅう、仮病使ってるし」

彼らが望月に対して好意的でないことは、口調から感じられる。

内心それを歯痒《はがゆ》く思いつつも、俺は黙って話を聞く。

「でも今回は本当に調子悪かったらしいよ。先生に診《み》てもらったら、妊娠してたって」

(ウェインさんとの間の子どもができたのか)

気持ちが昂揚してくる。

いまだ望月との関係は修復できていない。最近では顔を合わせる機会もなかった。ウェインとのことを思い出すと、胸が苦しくなる。だが望月を心配する気持ちは消えていない。

あれから日が経ったこともあり、むしろ想いは強くなっているぐらいだった。

前回の発情期のときに妊娠しなかったのは知っていた。今回はどうだったか、知りたいと思っていたものの、誰も教えてくれない。だから期せずして聞こえてきた会話に耳を傾ける。

「へえ、そうなんだ。子ども、何人目？　あの年齢ですごいな」

「五人目じゃなかったかな。でも……今回、かなり危ないって話」

(望月が生んだのは三人だ。それよりも、危ないって何が)

さらに潜められた声に、俺の心臓が大きな音を立てる。

「望月さん、朔さんのお客さんだった人のこと、運命の相手だって言ってただろう？」

「ああ、あれね」

応じる声から嘲笑《ちょうしょう》が感じられる。

「本気で運命の相手がいるって信じてたのかな？　もう何年も見世にいるくせに」

「ホントホント。多分客を相手にするたびに、あなたが運命の相手だとか言ってその気にさせてたんじゃないの？」

「そうかもな」

明らかに望月を揶揄《やゆ》して笑い合っている。

「あんなの、『月』の間で生まれたお伽噺《とぎばなし》みたいなもんなのに」

「お伽噺なんかじゃない」

そこまで聞いたところで、俺は廊下側の襖を勢いよく開けていた。頭で考えるより先に体が動いていた。

若い『月』は、部屋の中にいた俺に気づいて慌てる。同じように、二人の驚いた様子を見て俺も動揺した。

(何をやってるんだ……)

「朔さん……なんで、こんなところに」

「剣に言われて部屋の片づけをしていた」

できるだけ声を抑えた。

子どもの頃から邑にいても、ここ最近見世に出始めた二人の『月』とは話をしたこともない。

若くて綺麗《きれい》で怖いものなどないのだろう二人からしたら、見世の一番の人気だろうと関係ないのだろう。

俺にも望月にも、二人のような時期があった。

でもだからといって、当人のいない場所で望月の悪口を言って彼の尊厳を傷つけていいわけではない。

「や、だな、朔さん。いたなら教えてくれれば……」

「運命の相手の存在は、お伽噺なんかじゃない」

強い口調で言うと、俺が何を言っているのか理解したらしい。

「え、あ、そうなん、ですか」

曖昧に応じたところで、何をどこまで理解しているとも知れない。それでも言わずにいられない。

「望月は移り気に見えるだろうし、実際そういう気質もある。だが客を相手にしているときは、その相手のことしか考えていない。さらに相手をその気にさせるつもりだけでなく、本気で運命の相手かもしれないと思って接している」

まだ望月が見世に出始めた当初、客を取るたび、その相手に本気になって大変だったことを思い出す。客が自分のところに来なくなることで泣き、他の客を相手にせねばならないことで泣く。でもすぐ次の相手に本気になってしまう。

運命の相手に、互いの感情は関係ない。わかっていても、望月はもしかしたらと思っていた。自分が本気で好きになる相手こそ運命の相手なのではないか、と。

そしていつか運命の相手の子を生み、運命の相手とともに幸せに過ごすという夢を描いていた。

常に全力で客に接していたことで、望月は今の地位に辿り着いたのだ。

「ろくに望月のことも知らないくせに、憶測だけで話をするな」

二人のような若い『月』にとって、俺はただ常に穏やかに見世の奥で笑っているだけの、終わりかけの『月』に過ぎないだろう。そんな俺に説教されて、かなり驚いたらしい。

「すみません」

半泣き状態で、俺の前から逃げるようにして去っていく二人の背中を見て、激しい後悔の念が押し寄せてくる。

「何をやってるんだ、俺は……」

だがそれ以上に、彼らの話が気になった。

『五人目じゃなかったかな。でも……今回、かなり危ないって話』

妊娠初期は体調を崩しやすい。

望月はこれまでにも出産を経験しているが、それでも本来子を生む体ではない男の『月』には負担が大きい。

おまけに今回、望月はウェインのことを「運命の相手」だと断言していた。それがあの場だけの話ならともかく、本当にそうだったら。

(こんなところで色々考えてても何も始まらない)

俺は覚悟を決めると、裾や袖を下ろし、望月の過ごす離れへ向かう。

見世には一日中客の訪れがある。しかしやはり夜の帳《とばり》が下りて、見世に少しずつほんのりとした明かりが灯《とも》り始めると、なんとも賑やかな雰囲気になるのだ。

邑に戻り重鎮の相手をしていた頃、この時間が待ち遠しかったのを不意に思い出す。弱いくせに酒好きだった重鎮が眠りにつく頃、俺のところに暁がやってくる。重鎮の目を盗んでいた事実に微かな罪悪感を覚えながらも、暁に会えるのが嬉しかった。

今の望月は、あの頃の俺に近いのだろうか。

好きな人の子を身籠るというのは、どんな気持ちなのだろうか。

様々な気持ちを抱きながら、いざ望月の部屋の前まで辿り着くと、そこで立ち止まってしまう。

（何か手土産《てみやげ》でも用意してくれればよかったか）

これまで望月が妊娠したと聞いたとき、俺は何をしてきただろう。改めて思い出そうとするがまったく記憶になかった。望月に限ったことではない。

他の『月』が身籠ったとき、祝ったことが一度もない。

俺以外の『月』がどうしているかも知らない。そのぐらい俺にとって妊娠と出産は縁遠いこととなっていた。

『月』であって『月』でない己のコンプレックスゆえだったかもしれない。

でも今は違う。心の底から望月の妊娠を喜んでいる。

（とりあえず今は顔だけ見て、欲しいものがあれば何か差し入れしよう）

あの若い月たちは気になることを言っていた。

調子が悪くて寝込んでいる。さらには「危ない」と。

胸に手をやって深呼吸をすると、襖の前に正座して少しだけ開ける。

「望月。いるか？」

声をかけると人の動く気配がする。

「……誰？」

「俺、朔……」

名乗るのとほぼ同時に、ばたばたと音がして襖が勢いよく開かれる。そこにいる望月の姿を目にして、俺は思わず息を呑んだ。

「朔さん……」

畳を這って襖までやってきた望月からは、かつての姿が想像できなかった。

長い髪は乱れ肌もやつれ、何より瞳に光がない。これまでは夜着も派手な色遣いのものを着ていたのに、今は質素な白地のものを身に着けている。

青白い顔色で、俺に向けて伸ばされた手が細い。

「嘘、どうして朔さんが僕の部屋に？　夢見ているのかな」

「夢じゃないよ」

俺はできるだけ平静を装った。

「体調、悪いのか？」

「ちょっと、風邪をこじらせたみたいで。大したことないんですけど、剣さんに大事取ったほうがいいと言われて……」

俺の過ごす離れと同じ、ある程度の広さのある部屋には、ほとんど荷物がなかった。

その中央に敷かれたままの布団を俺が見ているのに気づいたのだろう。望月は精いっぱい笑ってみせる。

「すいません、こんなところで立ち話もなんですね。中に入ってください」

「ありがとう。勝手にするから寝ておいで」

俺は部屋の中に入ると、望月を布団に戻してから、閉めきられたままの御簾を上げて空気の入れ替えをするべく窓を開ける。ほんの少しひんやりとした風が心地よい。

「朔さん、来てくれてありがとうございます。僕のしたことを考えたら、合わせる顔なんてないと思ってたから……」

望月の言葉で俺は振り返る。

「妊娠したって聞いた」

俺が言うと、望月は一瞬はっと息を呑んでから、静かに俯いて自分の腹に手をやった。

元々華奢《きゃしゃ》な体つきが、さらに小柄に見えてしまう。

「嬉しくないのか？」

「……嬉しいです。嬉しいんですけど……」

望月は俺の言葉ではっと顔を上げる。しかしすぐにまた俯いてしまう。

「ちゃんと食べてるのか？」

それに対しては小さく首を左右に振った。

「悪阻《つわり》が今回ひどくて、何も食べる気になれなくて……」

「そんなことでどうする」

強い口調で言葉を遮ると、望月は驚いたように顔を上げる。そんな望月の前に俺は腰を下ろし、乱れた浴衣の前を直してやる。

浮き上がった鎖骨やその窪《くぼ》みが痛々しいぐらいだ。

「願って授かった子どもだろう？　ここでお前が体調を崩してどうする。悪阻なんてもう何度も経験してるんだから、何かしら食べられるものがあるだろう？」

それから望月の後ろに回って、袂《たもと》に入れて持ち歩いている柘植《つげ》の櫛《くし》を取り出し、乱れた髪を梳《と》かしてやる。

「欲しいものがあるなら、手に入れてきてやる。何が食べたい？」

俺が尋ねると望月は頭を下に向ける。その頭を無理やり上に向かせると、肩を揺らして小さく嗚咽《おえつ》した。きっとこれまで必死に虚勢を張っていたのだろう。

「泣くな。これまでとは違って、お前は子どもと一緒に暮らすんだろう？」

「……そのつもりです」

「だったら、泣いてる暇なんてない。食いたいもの、言いな。肉でも甘いものでも……」

「……桃が」

「桃？」

「覚えてないですか」

望月が俺を振り返る。

「僕が初めて邑に来たときに、桃をくれたこと」

「俺が？」

「そうですよ」

思い出せない俺の反応に望月は苦笑する。

「十三歳で初めて邑に来た僕は、全然事情もわかっていなかったし納得もしていなかった。そんな僕の前に世話係だと言われてやってきたのが朔さんで……あまりに綺麗だったから、僕、見惚れたんです」

「嘘ばっかり。お前、最初に会ったときからふてぶてしかったよ」

「それは、緊張してたからです。どういう顔をしたらいいかわからなくて、無表情になってたんです」

「そうは見えなかったけど」

半ば揶揄するように言うと、望月は「ひどいな」と笑う。

「でもそんな僕に、朔さんは『お腹空《す》いてない？』って言って、とっても美味《おい》しそうな桃を差し出してくれたんです」

望月が邑に来たのは夏だった。

多分、そのときの客が差し入れてくれた桃があったのだろう。だから特に意味もなく、ただ美味しいから食べないだろうかと差し出したに違いない。

それを望月は今も覚えていたという。

「桃なんて、外では嫌っていうほど食べられただろう？」

「もちろんそうなんですけど。桃というより、桃をくれた朔さんの記憶が、一緒になってて、ものすごく美味しかった思い出になってるんじゃないかな」

望月はそこで前に向き直る。

「それなら、ウェインさんが来るときに頼めばいいのに」

俺が言うと、微かに望月は肩を震わせる。そのわずかな反応で、今の状況がわかってしまう。

「朔さんがくれる桃なら食べられるような気がする」

「……わかった」

俺が応じると、「本当に?」と言って振り返った望月は、きらきらと目を輝かせている。

部屋に入ったときとは明らかに異なる表情を見せられたら、「本当に」と応じる以外になかった。

眠るという望月を置いて部屋から出た俺は、桃を手に入れる術を思案する。今の時期は、まだ少し桃には早いのだ。

「暁さんに頼めばなんとかなるかな……」

ついでに、ウェインの状況を確認できるかもしれない。

ウェインが望月の客となってから、送迎で何度も見世には来ているだろうが、暁とも顔を合わせていない。最後に会ったのは、ウェインと望月の仲を知った日だ。

『余計なお節介だった。俺にはお前に何かを言う資格などなかったのに』

暁の最後の言葉と表情は、今も変わらずに引っかかっている。触れられた手を振り払ってしまったのは、嫌だったからではない。でもあのとき、暁に伝えるべき言葉が俺の中にはなかった。

「朔」

見世の一階へ下りると剣に声をかけられる。

「お前、頼んだ部屋の片づけは……」

「終わったよ、そんなの。それより、あき……いや、花菱さんが近々来る予定はあるか？　頼みたいことがあるんだけど」

「頼みごと？」

「望月がね、桃を食べたいんだって。今の時期だとまだ邑では簡単には手に入らないだろう？　だからできれば……」

「望月に会ってくれたのか。それは……ありがとう。喜んでいただろう」

突然剣に頭を下げられて驚いてしまう。

「べ、別に剣に礼を言われることじゃない。望月は俺にとっては弟みたいなものだし」

「だが……花菱はこのところ来ていない」

「ウェインさんがずっと来てないって噂を聞いたんだが、本当なのか？」

その問いに剣は無言で頷く。

「じゃあ、ウェインさんは、望月の妊娠の話を知らないのか？」

それについては何も反応しない。おそらく伝わっていないのだろう。

「望月の様子、お前の目にはどう見えた？」

「どうって？」

「本人は風邪をこじらせたのと妊娠のせいで体調が悪いと言っている。だが……俺はそうじゃないと思っている」

「そうじゃないって？」

「お前、弓張を知ってるか？」

「弓張って……」

名前を口にした途端、記憶が蘇ってくる。

有明が邑を出た日、ひっそりと息を引き取った『月』だ。

邑に来たばかりにもかかわらず、最初の客に入れ込んでしまい、その子を身籠った。

が、男の足が遠のいた結果、自ら命を絶ってしまった。

「望月は、自分から命を絶つような真似《まね》は……」

「とは思う。が、お前も知っているだろう。特別な相手との間に子を身籠った結果、『月』がどうなるか」

剣は眉間に深い皺を刻んでいた。

実際に出会ったことはないが、話は知っている。

「ウェインさんが望月の運命の相手だと、剣は思ってるのか」

「確証はない。だが今の望月の状況を見ていると否定できない」

苦々し気に言葉が紡がれる。

「望月はこれまでにも出産を経験している。だがこんな状態になったことはない」

俺だって知っている。

「花菱さんに連絡してくれ。暁に、望月が桃を欲しがってるって。なんとかして手に入れて、ウェインさんに持ってきてほしいと伝えて」

「しかし」

「直接連絡できないことなんて知ってる。でもいつも融通利かせてるんだ。望月を可愛《かわい》がった政府のお偉いさんだっていたじゃないか。恩恵に花菱は与《あずか》ってきたはずだ。こういうときぐらい、無茶を利かせたって罰は当たらないだろう」

歯切れの悪い剣に苛立《いらだ》ちを覚えた。

もちろん気持ちはわからないでもない。だが俺の言ったことに嘘はない。

「今、邑を代表しているのは剣、あんただろう。あんたが『月』を護らずに他の誰が護る？　邑は政府の従属物か？　違うだろう？　今は確かに政府の直轄になっているが、政府に頼らなければやっていけないわけじゃない。違うか？」

政府は邑を利用している。だが邑も政府を利用している。利害が一致したことで、今の関係は成り立っているだけだ。決して従属した関係ではない。

「――わかった。すぐに連絡する」

「頼む」

剣は俺の言葉で何かに気づいたようだった。厳しい表情で、見世の奥へ向かう。頼りになる背中を俺は見送る。

今の望月にとって桃より何より、ウェインの来訪が薬になる。

ウェイン自身、複雑だろうとは思う。しかし望月の必死で真摯な想いに多少なりとも感じるものはあったのだろうし、その誘いに乗ったのもウェインだ。

あのとき、俺が気づかずにいたらどうなっていたかわからない。

ウェインが本当に望月の運命の相手なのかはわからない。だが本当にそうだった場合、このままでは望月の命が危うい。

とにかく、ウェインはただ流されただけではない。そうでなければ、最初の発情期だけでなく次の発情期にまで見世に来ないし、望月の相手をしないだろう。

叶わなかったものの、一度は俺自身、抱かれたいと想った相手だ。だがそんな男が、薄情だとは思いたくないし、信じたかった。

今はとにかく、望月に幸せになってもらいたい。『月』としてというより、一人の人間として願っている。

しかし、その後剣がすぐに花菱に連絡を取ったものの、ウェインの来訪はおろか、桃すら届けられる様子がない。もちろん剣もただ手をこまねいていたわけではない。俺の言葉が効いたのか、かなり強い態度で頻繁に花菱に連絡を入れているようだった。

俺はといえば、何かと望月の面倒を見るようになっている。

わだかまりがすべて消えたわけではないが、今はとにかく望月の体調が気になる。

相変わらず食事はあまり摂れないものの、俺が一緒にいれば、何かしら食べる努力をする。そのせいか、久しぶりに顔を合わせた直後より、顔色が良くなっているように思える。

「この間、桃の話を聞いたからか、望月が邑に来たばかりのことを思い出すな」

その日も、昼食を一緒に摂りながら、とりとめもない話をしていた。

「僕もです」

汗をかいた背中を拭ってやりながら言うと、望月も同意する。

「朔さん。僕の子が生まれたら、赤ん坊の面倒見てくれます？」

「それは難しいな」

正直な気持ちを口にする。

「どうして？」

「赤ん坊の世話なんてしたことないから。お前だってそうだろう？」

「まあ、そうですけど」

邑で『月』の生んだ子は、生んだ『月』自身が面倒を見ることはほとんどない。もちろん俺の母親みたいに子を育てることも可能だが、男の『月』の生んだ子の大半は、邑で育てることが多い。

「残念だなあ。朔さんが一緒に世話してくれるなら、今回は子どもの面倒を見ようと思ってたのに」

「ある程度の年齢の子どもの扱いならわかるんだけどな。お前が邑に来たときみたいに」

俺が言うと望月は笑顔になる。

「本当に朔さん、面倒見よかったですよね」

「弟ができたみたいで、嬉しかったんだ」

「僕も最初の頃はそうでした」

「なんだ。最初だけか」

含みのある言葉に、俺はわざと少し拗《す》ねたように応じる。こんなふうなやり取りが久しぶりにできるのが嬉しい。

「しょうがないですよ。だって僕、朔さんのこと、好きだったから」

しかし不意に望月の口から紡がれる言葉で俺は思わず動きを止める。

「え」

そんな俺の手に、望月は自分の手を添えてくる。

「前に言いましたよね。僕、朔さん相手なら、いつでも男になれるって」

悪阻のせいだけでなくやつれていた望月の顔に、突然濃厚な艶《つや》が立ち上る。それはまさに、見世一番の『月』である『望月』の顔だ。

「冗談を……」

これまでにも何度となく交わされた会話だ。俺が動揺するのを見て、いつもなら満足した望月が話題を変える。しかし今日は違った。

「僕がウェインさんが欲しいと思った一番の理由、知ってます？」

「彼の人となりに惹かれたからじゃないのか？」

「それは後づけの理由です」

「望月……」

触れられた掌から伝わる望月の温もりの熱さを感じたそのとき。

「朔、いるか」

廊下から剣が俺を呼ぶ声に、二人とも同時にはっとする。

「剣さん、何？」

「荷物が届いている。下まで取りに来てくれないか」

「荷物？」

呟《つぶや》いてから、はっとする。

「もしかしたら、桃が届いたのかもしれないな」

俺の言葉で微かに望月が体を震わせる。

「そんな顔をするな。すぐに戻ってくるから待ってな」

さりげなく望月の手から逃れて部屋を出る。廊下で待っていた剣は、無言で俺を階下へ促した。その表情からは感情が読み取れない。

嫌な予想を抱きつつ見世の入り口へ辿り着くと、そこには甘い香りの漂う木箱が置かれていた。

「これ……」

「桃だ」

剣の言葉で、嫌な予想が一気に消えていく。

「なんだ。やっと花菱から桃が届いたのならそう言ってくれればいいのに。むっとした顔してるから、てっきり嫌な話をされるのかと思って焦った」

一息に言って箱の蓋《ふた》を開けると、それまで以上に甘い香りが漂ってきた。そんな香りを嗅いでいると穏やかな気持ちになれる。

「きっと甘いだろうな。この桃を食べたら、望月もきっと元気になる」

「違う」

一番美味しそうな桃を物色している俺の後ろに立っていた剣が、そこでようやく口を開いた。

「違うって何が？　これ、甘くないかな」

赤味の強い桃を手に剣を振り返る。

「花菱からの桃じゃない」

告げられた言葉に、俺は思わず眉を顰《ひそ》める。

「……どういうこと？」

「花菱には何度も連絡をした。だが一切返答はない。だから今手に入る桃を探して俺が取り寄せた」

「返答がないって、どうして」

それまでの幸福感が一気に消え去り、どす黒い気持ちが腹の底に溜《た》まってくる。

「理由は俺のほうが知りたい。だが噂だけは聞こえてきている」

「どんな噂？」

俺が追及するが、剣は一瞬開きかけた唇を苦し気に閉ざす。

「いい噂じゃないんだろう？　そんなのは予想がついている。隠さないで教えてくれ」

「——望月には言わないと約束するか」

「もちろん」

「ウェインさんは帰国するらしい」

「え」

一気に血の気が引いていく。

「帰国って、アメリカに……？」

信じられない気持ちで問いかけるのとほぼ同時に、ガタンと音がする。なんだろうかと振り返った瞬間、俺ははっとする。

「望月……」

いつの間にか部屋を出てここまで来ていた望月の顔色は、このところようやく赤味を取り戻していたのに、今はまた真っ青になっていた。

「なんでここに。待っていろと言ったのに」

「もしかして、ウェインさんが直接桃を届けてくれたんじゃないかと思って……」

それならどれだけよかったか。

「今の話、本当ですか？」

尋ねる声が震えている。

「ただの噂だよ、望月」

俺は強い口調で言う。

「剣も言っただろう？　噂だ。確かめたわけじゃない。だから部屋に戻って……今、桃を剝いてくるから……」

「嘘だ」

なんとか部屋に連れ戻そうとするが、望月は俺の横をすり抜けて剣のもとへ向かう。ふらついた足元が危うく、目の焦点も合っていない。

「剣さん。今の話、嘘、だよね。この桃、本当はウェインさんが僕のために届けてくれたんでしょう？　僕に子どもができたのを知って、僕が欲しいと言ったのを知って、手配してくれたんだよね？」

腕を摑んで訴える望月の視線から、逃れるように剣はゆっくり顔を横へ向ける。

「アメリカに帰るっていうのも、嘘だよね？　だってあの人、こんなにしたら赤ちゃんできちゃうかもって言う僕に、自分の子どもを生めばいいって言ってくれたんだよ？　何度も抱いて、何度も言ったんだよ」

強く剣の腕を振って訴える。

「それなのに、なんで？　なんで僕に会いに来てくれないの？　赤ちゃん、できたの、喜んでくれないの？　ねえ、剣さん。なんで！」

「望月っ」

剣は自分の腕を掴んでいた望月の腕を、反対に自分から掴み直す。

「落ち着け。とにかく余計なことを考えずに、自分の体と子どものことだけ考えろ」

「嫌だ」

望月は強く頭を左右に振る。

「嫌だ。無理だよ、そんなの。ウェインさん、僕のこと、好きだって何度も言ってくれたよ。朔さんにばれたあとも、僕のこと何度も何度も抱いたよ。子ども作ろうって……何度も……」

「望月！」

剣の腕を振り払った望月の体を、俺は背後から抱き締める。

「興奮したらお腹の子に障る。だから今はとにかく落ち着いて……暁に連絡をして真実を確かめよう。そのほうが……」

「離して」

望月は抗《あらが》って俺の腕からも逃れると、足元にあった桃を拾って、裸足《はだし》で土間へ下りて見世の外へ飛び出す。

「望月。待て」

駄目だ。

「落ち着け、望月！」

咄嗟に下駄の鼻緒に指をかけ、望月を追いかけて見世から出ると、強い日差しに視界が遮られる。あっと思った次の瞬間——望月の姿が目の前から消えた。

いや、違う。消えたわけではない。

正確に言うなら、瞬きする間に、望月は空気の中に霧散した。

「……望月？」

望月がまるで脱ぎ捨てたかのような、たった今まで望月の着ていた浴衣と帯と桃の前に立ったものの、膝から力が抜け落ちていく。

目の前で起きた現実が理解できなかった。

伝説は事実だった。

望月は今まで俺の前にいたはずなのに。

まるで夢のように、一瞬にして消え去ってしまった。

「嘘、だ……」

必死に否定する。

「嘘だ」

信じられない。信じたくない。

ついさっきまで、一緒に笑っていた。俺の手を握っていた。あのときの温もりは忘れていない。

桃からは甘い香りがする。

この桃を手にしていたのは望月だ。その望月がいない。俺の前で、消えてしまった。

「桃が食べたいって……言っていたのに」

邑に来てすぐ、俺のあげた桃をまた食べたいと言っていた。

たった今まで望月が身に着けていた浴衣には、まだ望月の温もりが残っていた。

それなのに。

それなのに——。

＊＊＊

「飯、持ってきたぞ」

主のいなくなった望月の部屋で、行灯《あんどん》だけの灯りの中、ただぼんやりしている俺の前に腰を下ろし剣は胡坐をかいた。そしておにぎりの載せられた皿を置いた。

「望月のことで傷心しているのはわかる。でも食わねえと、お前の体に障る」

正座した膝の上に手を置いた俺は、ちらりと視線だけ剣に向ける。

「食べたところで意味はないよ」

「朔っ」

「知ってるだろう？　そろそろ三十になる。『月』として終わるのとほぼ同じくして、子を生んでいない『月』は寿命が尽きる」

剣は苦虫を噛み潰したような表情になる。

「三十ってのは、あくまで一般的な話じゃないか。お前はまだ……」

「この間、俺に発情期が来なかったの、知ってるだろう？」

「……っ」

剣は膝を強く握り締める。

多少、ウェインのことが衝撃だったせいもあるかもしれない。だが時期は遅れても、これまでなら発情期自体は訪れていた。

しかし今回は違う。予定を一か月以上過ぎても、訪れる気配がまったくない。

多分、こうやって、俺は『月』としての機能を失う。そしてこれまで、子を為《な》さなかった他の『月』同様に、発情期が来なくなるのと同時に寿命が尽きるのだ。

「そんな顔しないでくれ。望月に比べたら、俺はまだマシだ」

一瞬にして消えてしまった望月と違い、子を為さずに終わった『月』は、他の『月』と同じで人としてその命を終わらせられる。

望月が消えてしまったときのことは、今も鮮明に覚えている。忘れようとしても忘れられるものではない。

衝撃という以外、あのときのことを表現する言葉が思いつかない。

口づてに伝わってはいたものの、それまで「人」として生きていた存在が、一瞬にして消えてしまうという事実を、いまだ現実として飲み込めていない。

あの場で、望月が消える瞬間を見ていたのが、俺だけだったせいもあるかもしれない。

表向き、望月は病のため他界し、密《ひそ》かに俺と剣だけで見送ったことになっている。望月が臥《ふ》せっていたのは誰もが知っているため、違和感を唱える者はなかった。

それどころか、あまりに突然すぎる別れに、陰で望月を悪く言っていた『月』ですら泣いていたぐらいだ。

だが俺は、彼らのように望月を想って泣けないでいる。

『朔さん。僕の子が生まれたら、赤ん坊の面倒見てくれます？』

望月のあのときの言葉が今も俺の鼓膜を揺らす。

嘘でも、一緒に面倒を見ると言えばよかったのか。それでもきっと結果は変わらなかっただろう。俺は望月の運命の相手ではなかったし、子の親でもなかったからだ。

それでも俺は、望月が羨《うらや》ましいと思う気持ちを否定できない。

望んでいた「運命の相手」に出会えたことは事実なのだ。そしてそれも、望月の望んでいたウェインだ。

『僕がウェインさんが欲しいと思った一番の理由、知ってます？』

望月の問いかけも覚えている。

答えを口にすることなく逃げてしまった。だが話の流れを考えれば答えは容易に思いつく。でもあえて知らない、気づかないふりを続けながら、だからといって自責の念に駆られないわけではない。

「あれからもう三日だ」

剣の言葉に改めて痛感させられる。

あの日から三日、主のいなくなった望月の部屋で、ただこうして時を過ごしている。

食欲は湧かず、自分が今、起きているかどうかもよくわからない。

「とにかく食え。食って寝ろ。腹が減って寝ていないから、余計なことを考えるんだ」

「余計なこと？」

無意識に笑いが零れ落ちてくる。

「俺自身が自分の人生を考えなかったら、誰が考えるんだ？」

『月』としての日々が終わるなら、今この瞬間に終わってしまってもいい。

「俺の人生だ。どうやって終わらせようと俺の勝手だ」

「確かにお前の人生かもしれない。だがお前は一人で生きてるわけじゃない」

剣は俺の腕を痛いぐらいに摑んできた。

「痛い」

「当たり前だ。痛くしてるんだからな」

そのまま望月の布団に押し倒され、上から伸しかかられた。

「剣……」

「このまま死ぬ気なら、一度、俺にやらせろ」

左右に大きく開いた手を上から押さえつけられ、剣の顔がゆっくり近づいてくる。

いつもなら、顔を逸らして逃げるところだ。だが今の俺にはそんな気力もない。

だから重なってくる唇をそのまま受け入れるものの、違和感は拭えない。

（違う……）

いつかと同じ感情が生まれる。

何年も前のことなのに、まるで昨日のことのように思い出せてしまう。

俺の知っているのは、もっと甘くて熱い唇で、柔らかく包み込むようで、吸い寄せられるような口づけだった。

あのときと同じで嫌悪感が込み上げてくる。だが腹の底に封じ込め、開かれた浴衣の胸元から体に触れてくる手からも逃げなかった。

だがそんな気持ちに蓋をする。

おそらく俺の人生は残り少ない。これ以上、後悔したくない。

剣は俺のことをそばでずっと見ていてくれた。望月のことでも、表に立って花菱や政府側と対峙《たいじ》してくれたのも事実だ。

この先、邑や『月』を護っていく男に、今の俺ができることなど、大して残っていない。子を為せないできそこないの『月』である俺の体が欲しいというのなら、くれてやる。そう思っていた。

「……剣？」

不意に温もりが消える。目を開けると、俺の上に跨《またが》った剣の怒った表情が目に入る。

「人の気持ちを試すのもいい加減にしろ」

胸倉を摑まれ上半身を起こされる。

「試すって……」

なんの話かわからない俺は、されるがままになるしかない。

「本気でお前のことを好きな俺は、無理強いできないと思ってるんだろう？」

「そんなこと……」

ないと言う前に、剣は乱暴に摑んでいた手を放す。布団に戻された俺は、茫然《ぼうぜん》と剣を見つめる。

「俺は」

「お前は前からそうだ。お前が感情を荒立てるのは、たった一人に対してだけだ。それこそ望月が消えて傷ついたフリをしていても、望月が消えて本当に悲しいからじゃない」

「な……っ」

まるで心を見透かしたような剣の言葉に息を呑む。

「邑に戻った直後から、お前はずっと自分の気持ちに蓋をしている。笑っても泣いても怒っても悲しんでも、全部上辺だけだ」

開いた胸元を直しながら起き上がった俺の心に、剣の言葉が突き刺さる。反論できない俺を見て剣は大きな息を吐き出した。

「そんな顔するな。俺がお前をいじめているみたいじゃないか」

「みたい、じゃない。いじめられてるよ」

俺は肩を竦める。

「俺のこと、なんでもわかってるのは剣だ」

「そうだ。そんな俺のことを一番知ってるのもお前だ」

互いに近すぎて知りすぎている。

つまり剣は俺の心に「誰か」がいることも、ずっと知っているのだ。

「お前に客が来ている」

剣はそう言うと立ち上がる。

「客？」

発情期が来ていない『月』にどんな客が来るというのか。

「折り入って話があるというから、離れのお前の部屋に待たせている」

「え？」

一人の男の顔が頭に浮かぶ。

「まさか」

「見世を護る立場から、事情を話した上で今の時期の面会は断った。散々こちらからの連絡を無視しておいて調子がよすぎる。精神的に不安定なお前に会わせるわけにはいかない、と。だが折れなかった。今だからこそ話がしたいと何度も連絡をしてくるから、とりあえずつなぎは取ると伝えた」

名前を言わずとも、二人の間でそれが誰かは明らかだった。

花菱暁。彼以外にありえない。

「だから、会うか会わないかはお前が決めろ」

突き放した剣の言葉に俺は頭を左右に振った。

「無理だ」

望月のことで、花菱には連絡を取るように頼んでいた。そのときどういった事情であれ一切無視をしていたくせに、今さらどんな顔で見世に来られるのか。

望月の最期を思い出せば思い出すだけ、暁には会えない。会いたくない。会ってはならない。

そう思う気持ちと同じだけ、心の底に会いたいと思う気持ちがあるのがわかっていた。

だから俺は首を横に振る。

「駄目だ」

「何が駄目なんだ。会いたくないなら会わずにいれば済む話だろう」

剣はそう言う。だが俺はもう一度首を振った。

「俺には選べない」

「どうして」

静かな口調で問われる。

「会いたくないなら会わなければいいだけだ」

「だから……」

会いたくないわけではない、という言葉をぎりぎりで飲み込む。むしろ、会いたいのだ。

こんな状況で望月のことがあっても、俺は暁に会いたいと思ってしまっている。

自分でも驚きだった。

暁の来訪を知らされるまで、暁に再会する可能性は考えていなかった。それなのに、いざ会えるとなってしまったら、会いたい気持ちが溢れてきてしまう。

同時に、会っては駄目だと思う気持ちもある。でもふたつの気持ちを比較すれば、会いたい気持ちが勝ってしまう。

望月の姿を目にして、自分自身の命の終わりがこれまで以上に身近に感じられるようになった。だからこそ、もし会えるならこれが最後なのだ。

俺にとって暁の存在は、自分で思っていた以上に大きい。

曖昧な外での記憶の中でも、暁の顔だけははっきり思い出せる。そして邑で再会し、初めて俺を抱いた男でもある。

暁のことを思うだけで、体の奥が疼く。『月』としての本能が目覚め、消えようとしている最後の熾火が燃え盛りそうだ。

会いたい。

会いたいけれど、会ってはならない。

「剣。助けてくれ」

目の前の男の腕に縋《すが》って訴える。

狡《ずる》いのはわかっている。今この状況で俺を助けられるのは目の前にいる剣だけだ。

剣に強く引きとめられれば、今この場で無理やりにでも抱かれてしまえば、諦められる。会えないと覚悟できる。

でも剣は俺を見据えて言う。

「俺にはお前を助けられない」

「剣……っ」

「わかってるんだろう、自分でも」

淡々とした口調で言い放つと、自分に縋る俺の手を引き離す。

「お前が本気で俺を好きだと言うのなら、何があろうと助けてやる。全力で命を懸けてお前を護る。だが、違うだろう？」

俺を抱こうとした男が寂しく笑う。

それこそ、暁よりも長いつき合いの中、俺と剣の間にはある種特別な絆《きずな》が生まれたと思う。でもそれは剣の望むものではない。剣に求められ剣の気持ちを知りながら、その想いに応《こた》えなかったのは俺だ。

今さら、剣を利用するのは狡い。

でも剣はそんな俺に仕返ししようとしているわけではない。むしろ、俺を想うからこそ突き放してくれている。

「剣」

「会わないでいたら、一生後悔するぞ」

剣は俺を立ち上がらせて肩を叩く。

「でも」

「でもだのだってだの言ってないで、とにかく会ってこい。すべてはそれからだ」

そして背中をとんと押してくれた。


離れまでの廊下が、とてつもなく長く感じられた。

一歩足を前に進めるごとに、肩に重たい荷物が伸しかかってくるように思えた。

その重さこそが俺の担った運命かもしれない。

まだ今なら引き返せると、往生際の悪いことを考えてしまう。

手の指先が震えていた。

指の震えを意識したら、全身が震えた。

膝ががくがくして、頭がくらくらしてくる。

自分が前に進めているか不安になりながら、離れの部屋が近づいてくる。

怖い。ものすごく怖い。

暁に会った瞬間、自分がどうなってしまうか。想像するだけで怖い。

それでも会いたい。会ってしまったら、体も心もばらばらになってしまうかもしれないと思っても、会いたい気持ちが強い。

葛藤《かっとう》しながらも部屋の前に辿り着くものの、襖に手をかけるのを躊躇《ちゅうちょ》する。

（ここが引き返す最後の機会だ）

本当にいいのか。

己に問いかけようと思った刹那、俺の心を見透かしたかのように、目の前の襖が開き、懐かしくて愛しい匂いが漂ってきた。

「朔……！」

そして目の前の暁に名前を呼ばれるのと同時に、その腕の中に抱き寄せられる。

「朔、朔、朔！」

何度も繰り返し名前を呼びながら、暁は俺の顎に手をやって顔を上向きにする。

だが咄嗟に視線を逸らす。ここで顔を見てしまったら引き返せない。そんな、最後の俺の抵抗など、暁にはお見通しだったのだろう。

「俺の顔を見てくれ」

最初は下手にでるが、それでも素直になれずにいると「俺の顔を見ろ」と命令してきた。

　暁は俺の手を取り、指を一本ずつ絡めていく。重なり合った掌から温もりが伝わってきた。それでも俺は視線を逸らし続けた。

「朔」

　顔を近づけられ、向かい合わせの状態で、二人の間の距離も近づいていく。

「朔」

　繰り返し呼ばれる名前を聞いていると、忘れかけていた、もう終わりだと思っていた発情期が訪れたかのように、体の芯《しん》が熱くなる。

「朔」

　しかし抗っていたのもそこまでだった。

　その場に膝から崩れ落ちても手を離すことのなかった暁と目が合った瞬間、想いが溢れてきてしまう。

「……暁っ」

　会いたかった。

　ずっとずっと会いたかったのだ。

　触れたかった。温もりを感じたかった。

　再会したあの日からずっと封じていた想いが、一気に溢れ出してくる。

ただ抱き締められたい。抱き合いたいと思う。でも。

「朔。落ち着いて聞いてくれ」

手を離し、俺の背中を痛いぐらいに抱き締めながら、暁は吐息で語りかけてくる。

「ウェインは帰国した」

その名前に、俺は全身を震わせる。

「ずっと見世から連絡をもらっていたのに何も返せなかったことは詫びるしかない。剣さんにも事情は説明した。だが急に決まったことで俺には何もできず、政府側もその対応に大わらわだった。とにかく詫びねばならないと、ウェインの望月宛の手紙と金を預かってきた……」

暁の胸に頬を押し当てていた俺は、ゆっくりそこを手で押し返して顔を暁に向ける。

「望月はどうしている？」

「……剣には？」

「聞いたら、お前に聞けと言われた」

「狡いな、剣は」

思わず俺は笑ってしまう。狡いのは俺だけではなかった。

「朔？」

「死んだよ」

「え？」

乾いた口調で言うと、暁は驚きの声を上げる。

「なぜ？　まさか、自ら……？」

「違う。でも望月にとってウェインは、運命の相手だったんだ」

「運命の相手？」

「この世でたった一人、望月の運命の相手だった。だからウェインが帰国したかもしれないと聞いた直後に、消えてしまった」

言葉にした途端、あのときのことが夢でも幻でもなく、紛れもない現実だったのだと認識してしまう。

俺の説明の意味がわからないかのように、暁は首を左右に振る。

「どういうことだ。ウェインが運命の相手だからなんなんだ。どうしてそれで望月が……消えたというのはどういうことだ」

わけがわからないのだろう。暁がどこまで『月』のことを理解しているかわからない。でも俺だってすべて理解しているわけじゃない。

「俺にだってわからない。でも……消えてしまった」

腹に身籠った子どもとともに。

存在すらなかったかのように消えてしまった。

運命の相手の子を生むのが夢だと言っていた望月自身が、夢になってしまった。

「朔」

「俺を抱いて」

訴えると、暁は大きく体を震わせ目を瞠《みは》った。

「朔……？」

「俺は多分、近いうちに『月』でなくなる。そうしたらそれほどしないうちに、人としての命が尽きる」

「どういうことだ」

再び暁は俺の手を摑んできた。

「それが、子を生んだことのない『月』の運命だ」

答えた俺は、暁の手の甲にそっと口づける。

「だから最後に、もう一度、暁に抱かれたい」

『月』である間に。

この命がある間に。

「だが……」

「最初のときからずっと、俺の心は暁にある。暁の連れてくる客には丁寧に接してきた。そうすれば、客は俺のところに通ってくれる。二度と暁と抱き合えなくても、客を送迎するときに、顔だけは見られるから……」

暁の体が震える。

「他の客に抱かれながら、俺の頭には常に暁がいた」

忘れられなかった。

「他の人の子を生めば、忘れられるかもしれないと思った。それなのに駄目だった。誰に抱かれても頭の中に暁がいた。そんな俺に、他の男との子ができるわけもなかった。俺は『月』として欠陥だったんだ」

一日を積み重ねているうちに日々が過ぎていく。そして気づけば十二年もの年月が経っていた。

「朔、俺は……」

「暁の立場はわかっている」

俺は精いっぱいの虚勢を張って笑顔を繕う。

「花菱の家のことも……」

「花菱の家は終わる」

暁の言葉に、今度は俺が目を見開く番だった。

「終わるって？　どういう……」

「大地さんが不手際を起こした」

暁は吐き捨てるように言う。花菱の後継者であり、俺たちにとって腹違いの兄である大地。

「見世に来られなかった一番の理由は、その対応に追われていたせいだ。これまでにも些《さ》末《まつ》な出来事はあっても花菱の名前でもみ消してきた。だが今回はおそらく致命的だろう。政府も、何より花菱の父が見放して、俺に家を継ぐように言ってきた」

さらなる驚きに俺はただ目を瞬《しばた》かせることしかできない。

「暁が……？」

「だがそんなのは無理だ。教育を受けてきたとはいえ、あくまで主人を支える立場の人間としてだ。今さら花菱の人間としての役目を押しつけられても意味がわからない。大体、俺はそんな責任を負うべき器にない」

咄嗟に俺は首を左右に振った。

「そんなことない。暁は花菱の人間に相応《ふさわ》しい」

「相応しくなんてない。俺は逃げてきたんだ」

「逃げて……？」

「俺が後継者として明日公にされる。その前に花菱の家を出た。ウェインのいるアメリカへ向かう算段になっている。だが最後にどうしても朔の顔を見たかった」

胸の奥が大きく疼く。

「ウェインの？」

「帰国する際にはアメリカに一緒に来るようにとずっと誘われていた。しかし返事ができなかったのは、朔がいるからだ」

秘められていた暁の想いに胸が熱くなる。

「俺はもう花菱の人間じゃない。何かがあってもお前を護ってやれる立場にない。それでも……そんな人間でも、お前はいいのか」

花菱など俺には関係ない。むしろ俺たちにとっては邪魔な肩書だった。

「俺はお前の兄だ。それなのに邑へ連れて行かれるとき、何もしてやれなかった」

それは誰にも何もできるものではない。

「俺の手には何もない。肩書も立場も……」

「暁が暁であるだけでいい」

俺は暁の腕を掴んだ。むしろ二人が兄弟であることは邪魔なものだ。

「俺は暁が欲しい。暁だけが欲しい」

ずっとずっと、初めて抱かれたあの夜からずっと、俺には暁しかいない。

「朔……っ」

再び暁は俺を抱き締めてくる。

「俺も……朔が、朔だけが欲しかった。ずっと……あの日からずっと、朔だけが……」

肩口に額を押し当てて心の言葉を紡いだのちに、顔をゆっくり上げる。

互いの顔を見つめ合い、やがて唇が吸い寄せられるように重なっていく。

懐かしいその感触に全身が震えた。

体の芯から熱くなって、そこから体が溶けていくような気がする。

ただ口づけするだけでは足りず、舌を絡め唇を食みながら、暁は俺の体を敷いたままの褥に押し倒してくる。

言葉はいらなかった。

とにかく触れたい。心の底から込み上げる本能に従って体を動かせば、相手も同じように応じてくれる。

暁の手が開いた胸元に侵入し、そのまま肩から浴衣を脱がしていく。そして露わになった胸に、飢えた獣のように吸いついてくる。

「あ……」

「客をお前のところに送ってきた夜は、まるで地獄のようだった」

一方の突起を指で弄り、もう一方の乳首に歯を立ててくる。

「ん」

「お前が俺以外の男たちに抱かれていると思うだけで、嫉妬《しっと》で気が狂いそうだった」

初めて聞かされる暁の正直な気持ちに胸が痛む。

「だがお前に会うためには、客を連れてこなければならない。矛盾した己の役割を呪《のろ》い、俺以外の男を受け入れる朔を恨んだこともある。せめてもの抵抗で、お前の発情期を避けてきた」

舌先で押しつけられ軽く吸われると、肌がざわめいていく。もどかしさに内腿を擦り合わせ、膝を立てては伸ばすを繰り返す。

「それでもただの客なのだと割り切っていたつもりでいた。しかしウェインに対するお前の態度を見ていたときには、本当に終わりかもしれないと思った」

腰紐《こしひも》を解かれ、下着を着けていない下半身も露わになる。

口づけで既に高ぶった性器は、薄い草むらの中で頭をもたげだしている。暁はそんな俺自身に指を絡みつけてくる。

「あっ」

「だから……剣と望月からお前の体調のことを聞いていたが、ウェインには伝えずに邑に来た」

　突然に打ち明けられる秘密に、俺は閉じていた瞼を開く。

「それってどういう……」

　尋ねようとするが絡みついていた指に先端を弄られてしまい、腰を大きく弾ませる。

「ウェインに言わないことで、具体的にどうなるかまでは想像していなかった。だが……その結果、望月が死んでしまったというのであれば、俺は一生許されることのない罪を背負ったのかもしれない」

　そこで動きを止めた暁の言葉に対し、俺はどう反応すればいいのかわからなかった。

　驚いたのは事実だし、信じられない気持ちもある。でも責める気にはなれない。結局は俺も暁も同じなのだ。

　心の中で互いを想っていた俺たちはある意味共犯だ。

　あのときウェインと抱き合っていたら、望月は死ななかったのか。それはわからない。

　でも少なくとも、今こうして俺たちが抱き合うことはなかった。

「俺も同じだ」

暁の手に俺は自分の手を添える。

「だから暁の背負う罪は俺も一緒に背負う」

望月を死に至らしめたのは俺たち二人だ。

「俺は子を生まないままに『月』としての機能が失われたら、近いうちに命も尽きる」

先ほど告げた運命を改めて口にする。

「それは、本当なのか」

「これも『月』として生まれた俺という人間の運命なんだろうと思う。諦めもついていたし覚悟もできていた。でも」

今この瞬間、暁に再会できたことで欲が芽生えた。

子を生めなくていい。幸せになれなくてもいい。最後にもう一度だけ、暁に抱かれたい。

初めて俺を抱いた人に、最後に抱かれたい。

俺たちは罪深い。

多くの人を苦しめながら、繋いだ手を離せなかった。互いを想う気持ちを捨てることができなかった。

「朔……」

「んん……っ」

暁は俺自身を口に含み、激しく吸い上げた。急激な愛撫についていけない俺の意識とは違い、体は素直に反応していく。

あっという間に高ぶった性器は、そこに集めた欲望を暁の口腔内に溢れさせる。

「あああ……っ」

暁は当然のように俺の放ったものを飲み干し、唇を汚す残滓《ざんし》を手の甲で拭う。それでもまだ疼く俺の性器を愛撫しながら、もう一方の手をその奥の孔へ伸ばしてきた。

「ここに、ウェインを受け入れたのか」

小さな襞《ひだ》の中心に乱暴に指を突き立てられ、爪《つめ》の先がぐっと奥に押し進められる。

「んっ」

発情期でなくとも性交はできる。しかしそのための準備ができている体とは違い、乾いたそこはわずかな刺激にも敏感に反応する。

「ウェインだけじゃない。他の男たちを受け入れてよがってきたのか」

明確な棘《とげ》のある言葉に俺は息を呑む。

「暁……」

俺は『月』だ。そんな俺を責める言葉を口にした暁はすぐに謝ってきた。

「朔を責めたいわけじゃない。お前に会うために見世に客を案内しながら、お前の近くにいても何もできなかった己が情けないだけだ」

実際に、最後までした相手はわずかなこと。ウェインとも、結局叶わなかった。だが暁は今、俺のそんな弁解を聞きたいわけじゃない。俺も言い訳したいわけじゃない。

だから正直に訴える。

「ここに、挿《い》れて」

俺はいまだ衣服を身に着けたままの暁の腰に手を伸ばす。服の上からでもはっきりとわかるほど、暁自身は高ぶっている。

曖昧になっていた過去の記憶が鮮明に蘇ってくる。

初めて体を繋いだ日。

何も考えず、ただ欲望のままに抱き合った。

今はあのときとは違う。俺自身の反応も、発情期のときとは明らかに違う。

暁に触れられることで、もっと触れてほしいと思う。肌の下で眠っていた欲望が目覚め、心と体が比例していくのが自分でもわかる。

体だけでなく心から暁が欲しい。『月』としての体質ではなく、『人』として俺は今、暁が欲しい。二人でひとつになって、俺の中に暁の欲望を解き放ってほしい。

「好きだ」

己の高ぶりを導き出した暁は、熱い息とともに振り絞るように告白してきた。

「好き……？」

突然の言葉に俺は自分の耳を疑った。

俺たちの間で、そんな言葉を交わしたことがあっただろうか。だからといって、互いの気持ちを疑ったことはない。

「初めて会ったときからずっと、朔だけを見てきた」

好きとか嫌いとか以前に、俺たちは互いを求め合っている。

もしかしたら、暁こそ俺の運命の相手なのではないかと思ったことがある。だが他の男とも性交を行えた段階でそうではないのだと否定した。

でも改めて思う。

『月』にとっての運命の相手ではなかったかもしれないが、俺という人間にとって、暁こそ運命の相手だ。

発情期でなくともこんなにも暁が欲しい。全身が戦慄いて求めている。

左右に足を大きく開かれ、その中心に灼熱の如《ごと》く燃え盛る暁の欲望が押し当てられる。

「あっ」

先端が触れただけで、そこから溶けてしまいそうな感覚ののち、全身が引き裂かれそうな衝撃が押し寄せてくる。

「初めてお前を抱いたときは夢中で何も考えられなかった。それは今も変わらない。俺の中には朔のことしかない。朔が欲しかった。朔だけが欲しかった」

狭い場所が異物を拒もうとしても、暁は構わずに腰を押し進めてくる。

「暁、待っ、て。ゆっくり……」

「悪い、無理だ。もう止められない」

「ん、んんっ」

「今日まで、ずっと待っていたんだ。気が狂いそうな日々を過ごしてようやく再びお前に触れられる」

体の中でどんどん暁が大きくなって存在を誇示してくる。

懸命に暁の胸を押し返そうとしても意味はなく、内壁を擦り上げられ拡《ひろ》げられる。そうして纏わりつく肉を熱でどろどろに溶かしながら、さらに奥に進む。

「熱い。暁、熱くて溶けちゃう」

体の芯が痺れるような快楽が全身を包む。

「溶けて、俺とひとつになろう」

暁の声が上擦っている。

「そうしたら二度と離れなくて済む……っ！」

「あ……！」

体の奥深い場所で暁の熱が迸《ほとばし》ったとき、俺の頭の中で何かが弾《はじ》けた。

解き放たれたものが細胞のひとつひとつに染み渡ることで、何かが目覚めたような感覚が生まれる。

快感とは違う。もっと根底からの疼きが感じられる。初めての感覚で、自分でもそれが何かわからない。ただひとつわかるのは、まだ暁が欲しいということだけだ。

一度だけでは足りない。

まるで発情期のときのように、もっと暁が欲しいと訴えて全身が疼いている。

「なんか……変だ」

「どうした？」

「わからない。でも……おかしい」

戸惑う俺を嘲笑《あざわら》うように、暁を含んだ場所が小刻みに震え、射精したばかりの性器を無意識にいやらしく刺激する。

「朔……そんなふうにしたら、またお前が欲しくなる」

煽られた暁の声ですら愛撫に思えてしまう。

「俺も、もっと……もっと、暁が欲しい」

強く訴え両足を暁の腰に巻きつけた。

「そんなふうに煽られたら我慢が利かなくなる」

「我慢なんてしなくていい」

何もかも今さらだ。

「滅茶苦茶にしていい。俺も暁を全身で感じたい。だから、俺の中にいっぱい暁のものを出して」

「朔っ」

「暁で俺の中を満たして。俺の中に、射精して」

心も体も頭も何もかも、暁だけになりたい。たくさん放たれれば、もしかしたら暁の子を身籠れるかもしれない。身籠れなかったとしても、暁のものが俺の一部になるかもしれない。

考えるだけで頭の芯が興奮する。

「俺も……暁が好きだから……」

その告白は、暁の口に飲み込まれていく。

明け方、静まり返った見世を暁とともに出る。

別れるという選択肢は、もう二人にはなかった。

最小限の荷物を手に邑の出入り口に辿り着くと、一台の車が待ち構えていた。

花菱の追っ手かと構えるが、暗がりで煙管《キセル》を燻《くゆ》らせていたのは剣だった。

「どうして」

尋ねる声が震える。

「頼りない男だが、これでも見世を取り仕切っている人間だからな。外の事情もある程度は知っている」

剣の言葉で暁の眉間に深い皺が刻まれる。

「花菱から、俺が来たら捕まえるように言われたのか？」

「そうだと言ったら？」

試すような視線に暁の全身に力が漲《みなぎ》る。

「君を殴って朔とともに逃げる」

「逃げられると思っているのか？」

「わからない。だが最初から捕まると思っていたら、逃げられるものも逃げられなくなってしまう」

　低い声から伝わる暁の覚悟に心が震えた。

　これまでの暁とは違う。摑んだ俺の手にも力が籠《こも》っていた。

「朔」

　不意に剣は俺の名前を呼ぶ。

「すぐじゃなくていい。落ち着いたらなんとか連絡をくれ」

　剣はそう言って腕を組む。俺は暁と顔を見合わせてからまた剣に向き直る。

「それって……」

「車に乗れ。邑を出て北にいる、『月』と家を構えたかつての政府要人のところまで連れて行ってもらうことになっている。先のことはその人と相談しろ。海外への伝《つて》も持っている人だ。なんとかしてくれるだろう」

　何もかもを整えてくれていた剣の言葉に、涙が溢れてきた。

「泣くな。俺はお前を泣かせたくないから黙って見送ることにしたんだからな」

　望月が消えたときですら泣けなかったのに。

「ありがとうございます。なんとお礼を申し上げたらいいか……」

「あんたのためじゃない」

暁の感謝には応じることなく、剣は俺の前へやってくると、暁と繋がれた手を見て眉間に皺を寄せながらも俺の肩をぐっと自分に抱き寄せた。

「幸せになれ」

耳元で囁かれた言葉に、さらに涙が溢れてくる。

「剣……」

「急げ。夜が明けたら花菱の人間がやってくる。その前にできるだけ遠くまで行け」

車の後部座席に押し込まれても、俺は振り返って、見送る剣をずっと見つめていた。

次第に小さくなって、その姿が見えなくなっても涙が止まらなかった。

「後悔しているか？」

前に向き直っても俯いている俺の肩を抱き寄せた暁に問われて、俺は「いや」と答え、暁に握られていたままの手を見つめる。

「俺……命尽きるその瞬間まで精いっぱい生きるから」

少し前までは、いつ命尽きても構わないと思っていた。あのときの気持ちが嘘のように思える。

「朔」

そんな俺を暁は強く抱き締めてくれる。

暁の温もりの中で、もしかしたらという気持ちがあった。

漠然とした予感に過ぎない。でも暁の熱を体内に解き放たれた瞬間、確かに何か感じたのだ。それまで眠っていた「何か」が目覚めたような、これまでには感じたことのない悦びだった。

「朔――いや、旭《あさひ》」

知らない名前で呼ばれて俺は顔を上げる。

「アサヒ？」

とは、誰のことだ。

「外にいたとき、その名前で呼ばれていたのを覚えていないのか？」

「知らない……いや、覚えていない。外でのことは、記憶が曖昧で……」

俺は首を左右に振った。

過去のことを思い出しても、ところどころはっきりしなかった。名前はそのひとつだ。

「お前の母親がつけたと聞いている。太陽のように明るい人になれるように、と」

「旭」

『月』だった母はもしかしたら、息子が己と同じ運命を辿らないで済むようにと、その名前に願いを込めたのかもしれない。

『旭』

目を閉じると、母が優しく名前を呼ぶ声が聞こえてくるような気がする。

「そうか。だったら、朔と呼んだほうがいいか？」

「——うん。邑でのことを忘れないためにも」

「そうか」

内心複雑な心境だろうに、暁は俺の気持ちを尊重してくれる。そんな暁に秘密を打ち明ける。

「その名前は、生まれてくる子につけてほしい」

母と同じように、願いを込めたい。

俺の言葉に、暁は驚きに目を見開いた——。

＊＊＊

甘い仄《ほの》かな香りが鼻を掠めていく。いつの間にか眠っていたらしい俺は、その香りに誘われるようにして目を覚ます。

「起きたか」

そんな俺に気づいた暁の手に皿があった。甘い香りの正体は、その皿に盛られた桃だったようだ。暁は一口の大きさに切った桃に刺された串《くし》を、俺の口の前に差し出してきた。

「さっき差し入れでもらった。よく冷やしてあるそうだ。どうだ。桃なら食えるか？」

促されるままに開いた口の中に桃が運ばれる。軽く歯を立てた途端、香りと同じで爽《さわ》やかで仄かな甘さが口の中に広がった。

「どうだ？」

心配そうに顔を覗き込む暁に俺は恥じらいながらも笑みを向ける。

「美味しい」

咀嚼《そしゃく》しながら応じると、暁の顔がぱっと明るくなる。

「それはよかった。もっと食べろ。まだ欲しければもらってくるから」

続けざまに串に桃を刺す暁の様子に、つい笑いが零れ落ちてしまう。

「ようやく笑ったな」

俺の肩を暁は優しく抱き締めてくる。その温もりに俺は甘えて暁の肩口に額を預ける。

剣の伝を辿り暁と邑を出て、ひと月あまりの日が過ぎた。

最初のうちはいつ花菱の追っ手が来るかと怯《おび》えていた。そんな日々の中でも、暁は常に俺を、そして俺の中に芽生えた新しい命を守ろうとしてくれていた。

そう。俺は本当に暁の子を身籠ったのだ。あの夜の感覚は、間違いなかった。

俺自身初めての妊娠なら、暁も同じだ。二人して子どものことを心配するのに一生懸命で、自分たちが花菱から追われていることも気にならなくなっていた。

まさに念願叶っての妊娠だったが、同時に訪れた初めての悪阻に苦しめられている。食欲が減退し、とにかく眠くて怠いため、一日の大半を寝て過ごす俺を心配して、暁は様々な料理や食材を枕元《まくらもと》に運んでくれる。

しかしそんな暁の気遣いも空《むな》しく、大半は食べられないで終わるのだが、今日は違っていた。

望月との思い出でもある桃の甘い香りが、忘れかけていた食欲を呼び覚ましてくれたのかもしれない。

「生まれてくる子は、朔に似ているといいな」

俺の背を優しく撫でながら、暁は優しい口調で語る。

「どうして？」

「朔に似て優しくて強くて賢い子なら、きっとどんなに辛い世の中でも生きてくれるだろうから」

その言葉に俺はゆっくり顔を上げる。

「暁……」

「俺は朔と出会えたことで自分自身と向き合えた。俺たちの子にも、幸せな人生を歩んでもらいたい」

暁は俺の指に自分の指を絡めてから、まだ膨らみのない俺の腹にその手を押しつけてきた。

「旭」

かつて俺の名前だった「旭」を、生まれてくる子に名づけることにした。その名前で、暁は何度も呼びかけている。

「俺はお前と朔を守るために、さらに強くなってみせる。だから、何も心配することなく生まれてくるといい」

月が満ちて腹の子が生まれる頃、俺たちはきっと笑顔で満ち溢れた日々を送っているに違いない。

今、そう思えることが何よりも嬉しかった。

あとがき

ラルーナ文庫様では初めまして！

遊郭オメガバースと銘打っていただいた『月の満ちる頃』は、いかがでしたでしょうか。

他社さんで書かせてもらっているオメガバースと、世界観は同じですが、それぞれの呼称やオメガバースの細かい設定は『月の満ちる頃』単独の物となっています。

大正末期から昭和初期の日本を舞台にしています。

オメガバースならではのややこしい説明等が色々ありますが、全体のお話のスパイスとして捉えてもらえると嬉しいです。

挿絵のまつだいお様には、色っぽい表紙やキャラクターを描いていただきました。目線や表情の艶にどきどきしました。

素敵なイラストを本当にありがとうございました。

担当様。「オメガバースをやりたいのです」という希望をすんなり受け入れてくださいましてありがとうございました。

色々ご迷惑をおかけして申し訳ありませんでした。

楽しんで書かせてもらった今作。少しでもお読みくださった皆様に、面白いと思ってもらえていたらこれ以上の喜びはありません。

何か感想などありましたら、お聞かせください。お待ちしております。

この先もオメガバース作品でお会いできますように。ありがとうございました。

佐倉井シオ

本作品は書き下ろしです。

ラルーナ文庫

この本を読んでのご意見・ご感想・ファンレターなどお待ちしております。**〒111-0036 東京都台東区松が谷1-4-6-303 株式会社シーラボ「ラルーナ文庫編集部」**気付でお送りください。

月《つき》の満《み》ちる頃《ころ》～遊郭《ゆうかく》オメガバース～

2017年9月7日 第1刷発行

著　　者｜佐倉井《さくらい》 シオ

装丁・DTP｜萩原 七唱

発 行 人｜沓 仁警

発 行 所｜株式会社 シーラボ
〒111-0036 東京都台東区松が谷1-4-6-303
電話 03-5830-3474／FAX 03-5830-3574
http://lalunabunko.com

発　　売｜株式会社 三交社
〒110-0016 東京都台東区台東4-20-9 大仙柴田ビル2階
電話 03-5826-4424／FAX 03-5826-4425

印刷・製本｜中央精版印刷株式会社

 ISBN978-4-87919-996-6